JN014417

吉本ばなな

幸せへのセンサー

幻冬舎

幸せへのセンサー

幸せへのセンサー＊目次

第二章
大きな出来事が教えてくれること

はじめに

幸せってそもそも何だったっけ？

今回、何をお話ししようかと思った時、そんなあまりにも直球の言葉が浮かんできました。明石家さんまさんの「しあわせって何だっけ♪」という歌まで頭の中に聴こえてきて、さんまさんの偉大さを思い知りました。そういえばさんまさんもいつも幸せそうです。何かヒントがありそうです。

私は今年五十九歳になったのですが、年齢とともにだんだん最後に向かって人生の帳尻を合わせていくことについて考えるようになってきました。どこをどういうふうにしたら人って幸せを感じるんだろうということが徐々にわかってきたような気がするんです。

物事はわかってきたような気になった時が一番危ない時だから、そのことは気をつけつつ、今この時点での私の幸せについての考え方、総論みたいなものを残すことができたら、若い人にも役立つかもしれないし、私と同じぐらいの年齢で、そろそろ人生のまとめに入らなきゃいけないのに、まだ少しもまとめられないし、自分は不幸だと思っている人たちにも少しは参考になるんじゃないかと思いました。

友だちの悩みを聞いていても、幸せって本当にオーダーメイドなものなんですよね。この人にとっては幸せな状況でも、別の人にとっては不幸せだったりする。それってどうすることもできないので、アドバイスする時も個別にやっていくしかない。そうすると評判のいい整体やヒーラーの人と同じで、やればやるほど人が増えていくし、だんだんその人に全てを頼るようになってくる。きりがないんです。

オーダーメイドの幸せのかたちを百、二百と出していくっていうことはたとえば占い師さんのお仕事であって私のお仕事ではないので、だったら、私なりの幸せについての考え方を一度まとめてお話ししてみようと思いました。幸せっていうのは、つまりこういうことじゃないか。こういう考え方をしたら自分にとっての幸せがどういうものかがわかってくるはず、ということをお話しすることで、いつでもその人に合わせたかたちで取り出せるものにできたらと思っています。

第一章

快不快を伴う、体の感覚のセンサーを育てることについて

自分の体のセンサーを信頼するということ

あれは私が五歳くらいの時だったと思うのですが、隣の家のおばさんがかわいい服を持ってきて、私にくれると言うんです。おばさんはとても感じのいい、優しい人で、ふつうに考えたら、姉のおさがりばかり着ていた私にとっては、きっと飛び上がるくらい嬉しかったはずなんです。それなのに、いざ「着てみて」と言われて「はーい」と手にとったら、どういうわけかどうしても着る気になれなかったんです。

そういう言葉にならない感覚がわかってくれそうな父は留守にしていて、母親は「なんで？　着るくらいいいじゃないの」と怒り出すし、おばさんにも申し訳ない状況だけれど、なぜか絶対に着たくなかったので「やだやだ、絶対にやだ！」って、のたうちまわって泣いて拒絶したのを憶えています。

あれは、決してわがままではなかった。子どもだったから気まぐれにかんしゃくを起こしたというわけでもない。

まだ幼い子どもだったからそこまで素直に振る舞うことができたけれど、もうちょっとだけ大きかったら、気をつかって嫌々でも笑顔で着たかもしれません。それはそれで問題です。どうしてそんなに嫌だったのか、いまだに理由はわからないのですが、ああいうのってその場の誰も知らないだけで絶対に何か理由があるんじゃないかって思うんです。あれほどまでに嫌だと思ったからには、自分の体の中にあるセンサーの最も敏感なところが何らかの反応をしたんじゃないかって。

そういうセンサーって、人間、誰もが本来持っているもので、それこそ子どもの頃は、みんな、もっと毎瞬反応していたと思うんです。生き物としての生存本能みたいなもの。危険を察知して回避する力。虫の知らせで電車を一本遅らせたら事故に遇わずに済んだとか、何となく気持ちが乗らなくて車で出かけるのをやめたら通るはずの道で大事故があったとか、体のセンサーがキャッチしたささいな違和感をスルーしないことで助かることが、実はいろいろある気がします。

ところが、社会生活を営むにつれて、そういう、人間が本来持っているはずの感覚が不要なものとしてどんどん麻痺させられていく。学校や会社、社会生活に順応するために、自分の感覚を無視してでも、周りの状況に合わせるようになっていく。

その時に、「これは今の状況ではとりあえず無視させられているけれど、本来の自分の感覚ではない」ということをちゃんと意識できていればいいけれど、そうじゃないと本来持っていたはずの感覚がいつのまにか麻痺していって、しまいには反応しなくなる。それって、生き物としてはかなりまずい状態ですよね。

そうなると、自分では「あの人、なんかうさんくさい」と感じていたのに「いや、でも、親が、友だちがみんなが立派ないい人だって言ってるから、近づくべき人なんだろう」と打ち消してしまうなど、判断を人任せにするようになる。しかしそこは実はいちばん人任せにしたらいけないところで、自分の体の感覚をどこまで信頼できるかっていうのが、その人が本来持っている生きる力に直結しているんだと思うんです。

自分自身の感覚と周りが感じていることが違うっていうのは、よくあることですよね。自分は本当は嫌だと思っているけれど、周りに合わせなければならない。

幼い子どもなら、あの時の私のように泣いてのたうちまわればいいけれど、大人はなかなかそうはいかないですから。だからこそ、しかたないなと周りに合わせながらも「自分は本当はこう思っている」ということを自分だけは自分のためにちゃんとわかってあげているということが、ものすごく大事なんだと思うんです。

私はある程度の年齢になってからは、その割り切りをかなり意識的にやるようにしていました。周りに合わせてはいるけれど、自分は本当はこう思っている。状況はこうだけど、自分はこう。そういう割り切りをすごくした。

周りに合わせながらも、自分の感覚を決して手放さないこと。合わせるのは保身のためではなくあくまで人を傷つけないため、あるいは愛のため。そうして、自分で感じる力を鍛えながら、自分と周りが乖離（かいり）している状況を少しずつ減らしていく。

自分で感じる力が鈍くなっていたら、何が幸せかもわからないから。

そのセンサーが教えてくれるんだと思うんです、自分にとって何が幸せで、何がそうじゃないのかを。

子どもの頃のあの体験は、決してわがままとは違う。自分のセンサーが反応するって、つまりああいうことなんだろうなと、私にとってひとつの物差しとして今でも体の中に残っています。ただ、今なら隣のおばさんを傷つけないために、もう少し違う方法で断れたかもしれないな、と思います。

仮面をかぶることで、少しだけ自由になる

オタクという言葉がまだなかった頃、私と私の友だちは、学校で男子たちから「ブラックホール」と呼ばれていました。

要するに、同じクラスの女子たちを「美人」「運動ができる」「頭がいい」とか男子たちが勝手にざっくり分類していって、その分類のどれにも当てはまらず、はみだしていた私たちは「ブラックホール」だと。そんなのあんまりだと頭にきたかといえば、まったくそんなことはなくて、ある意味、とても的確な分類だったんじゃないかと今でも思っています。だってその名前があることで、聖子ちゃんカットにしなくてよかったし、休み時間にヘアアイロンをあてなくてもよかったし、「関係ないもん、私たち、ブラックホールだから」って、ほかのいろんな煩わしいことから逃れることができたから。

三島由紀夫の『仮面の告白』じゃないけれど、「仮面をかぶる」というと本心を押し殺して生きるみたいなネガティブなイメージがありますよね。だけど、社会生活を営んでいる以上、誰もがある意味、仮面をかぶって生きることからは逃れられないじゃないですか。

だったら、オタクでもギャルでもヤンキーでも何でもいいんだけど、そういうわかりやすい仮面をかぶっておいて、その中の自分を大切にするというのもひとつの方法です。「数字は苦手だけど、運動は得意な人」とかね、「別にそう思われても構わない」くらいのわかりやすい仮面をかぶって、そこから始めていく方が、ほとんどの人にとっては楽だと思うんです。

そもそも「自分らしさ」なんて、社会はさほど求めてないですから。才能以外の自分らしさは家族や友人など少数の人に発揮すれば良い。

自己実現とか自分らしい働き方とか言い出したのは最近のことで、私の子どもの頃は、仕事っていうのは「何をしたいから、やる」というようなものではなかった。会社に空きがあるから入れてもらって、知らなかった業種だけど一から何かを取得しながら、そこで自分の何かしら秀でた能力を発揮していけば、それでよかった。

よっぽど突出した才能がある人ならともかく、それ以外の人たちは「自分らしく生きろ」とか「個性を発揮しろ」とか言われても、そんなもの、自分に本当にあるのか、戸惑ってしまうことがほとんどじゃないかと思うんです。

社会は、個人をとりこみやすくするために、わかりやすく、大雑把な分類をしてくる。男子たちが私のことを「ブラックホール」と呼んだみたいに。だったら、とりあえずその仮面をかぶっちゃうのも、ひとつの手だと思うんですよ。

そうやって仮面をかぶっていても、どうしようもなくにじみでてしまうものこそが、その人の大切な個性なんだと思います。

体はちゃんと知っている

ある日、何気なくTVを観ていたら、奈良の龍泉寺にあるという不思議な石が紹介されていました。「なで石」と呼ばれるその石は、なでてから持ち上げると軽く感じるけれど、叩いてから持ち上げると重くなる。

長嶋一茂さんと槙原寛己さんという、元プロ野球選手でいかにも屈強なふたりが挑戦して「本当だ。持ち上がらない」と驚いている。それで、その石をスタジオに持ってきましたと言って、今度はホラン千秋さんと出川哲朗さんが持ち上げようとするんだけど、ふたりとも結果は同じ。出川さんなんて「俺はやらせには加担しないから、絶対に騙されない」と言っていたのに、なでると軽くなり、叩くと重たくなったというんです。

けれども、スタジオに持ってきたその石は、実は「なで石」ではありませんでした。

そんな大事な石を借りてこられるわけがなく、それはただの大きな石だったのです。それでも結果は同じでした。番組の解説によれば、人間はなでなでしたものは軽く感じて、この野郎と思ったものは重く感じるようにできているのだと。不思議ですよね。人間の体って本当にすごい。そのくらい精密にできているわけです。

これが石じゃなくて、人間の子どもだって、きっと同じだと思うんです。殴って育てたら重くなるし、なでなでして育てたら、同じくらい大変な育児の重さでも軽く感じるんじゃないか。すごいことですし、恐ろしいことです。もちろん自分に関してもそうです。大切になでればば心も体も軽くなる。そして、責めていればば自分が重くなる。ここに幸せに関する大きなヒントがあると思います。

体が感じる快、不快は、幸せのバロメーターでもあります。

何が自分にとって快適かをよく知っていること。だとすると心身共に余計な力が入らず、いい状態でいられることを基本的には「幸せ」と言うんじゃないか。怒りであるとか悲しみであるとかあらゆるメンタルのあり方も、本人が意識してるかどうかは別にして、体に出ます。体にしか出ないと言ってもいいくらいです。たとえばゆがみのある社会生活に自分を合わせていって、寝る間も惜しんで働き続けたりすれば、自分の体もおかしくなっていく。

人間というのは、基本的に日が沈むと眠って、日が昇ったら起きる。それがふつうのサイクルだとしたら、現代の人間は社会生活をしなきゃいけないことで、そういう基本的なサイクルを狂わされている場合があるわけです。眠る暇もないほどがんばっているとか、眠る暇もないほど充実しているとか、生き物でありながら眠らないことに価値を見出すことがもうおかしいのであって、仕事を休むとか休息をとるようにして、その状態を変えないといけない。

寝る暇もないほど働き続けている状態から急に休息をとると、何もしていない状態の自分に価値がないように思えて、つらく感じることがあると思います。後でお伝えしますが、私もそうでした。管啓次郎先生と対談した時に、管先生が「みんな、もっと寝ればいいんですよ。八時間でも九時間でも寝たらいいんです。ネットとか見ないで」っておっしゃっていて、ああ、いいなあ、こういうことを言う大人がもっといるといいのにと思いました。

眠ったり、休んだりしている時も、決して無為ではないですから。

体は常に動いていて、傷ついた心の修復作業をしてくれている。そうして時間を稼いでいる。時間が経つと、重かった問題もだんだん、だんだん薄くなっていく。

建築家の安藤忠雄さんは、胆のう、胆管、十二指腸の交点のがんで五つの臓器を摘出しています。

だけど、そんなふうにとても思えないんです。仕事も精力的にバリバリ続けているし、はつらつとしている。「内臓がないのに、こんなに元気なのは縁起がいい」と、中国から仕事の依頼が来たと笑います。

どうしてそんなに元気でいられるのかをTVのインタビューでたずねられた時、「内臓がないならないで、そういう自分の状態に合わせて、ちゃんと工夫する」というようなことをおっしゃっていました。膵臓がないから血糖値を徹底的に管理する、消化機能が衰えたから食事は少しずつ時間をかけてするようにする。

がんになっても、悲観的になるのではなく、ないならないなりのやり方で自分の体とうまくつきあっている。それは彼の「野性」なんです。そのくらい野性的に生きることができればすごいですよね。

たとえばあまり気の合わない人物と仕事で二十四時間一緒にいなきゃいけないとします。

そうしたら二十四時間ずっとつらいのかと言えば、そんなことはないはずで、たとえば、ひとりで抜け出してコーヒーを飲んだあの時だけは最高だったな、というようなパートが必ずあるはずです。

不快に感じることがあったとしても、今日一日トータルで見れば、いい時間の方が多いなと思えてくる。そうやって伸ばしたり、割ったりして考えれば、二十四時間全てが不幸ってことはなかなかないと思うんです。

外的な環境の全てがうまく整っていて、なんの問題もないことなんて人生にほとんどあるはずがないんですから、そんな時がもしあれば素直に喜び、人生にはいつだってトラブルのひとつやふたつあって当然だなって思えばいい。

体が回復してきた時、それは向こうから必ずやってくる

私は小説を書くことを通して、人一倍、治癒ということについて考え抜いてきたような気がしています。

傷ついた人たちが、どのように回復していくのか。

ひたすら自分を整えてきっかけを待っている時間が実はとても大切で、一見何も起こっていないように見えるけれど、たとえるなら畑を休眠させて、土を休めている状態。微生物や虫や太陽がたえまなく癒している。そういう凪の時期が終われば、必ずまた何か出てくるものがあるんです。

それで思い起こすのが、あまりにも私が疲れ果てていた時期のことです。その時は、あまり快適でない物件で暮らしていたのですが、今思うと、それも疲れ果てていた自分の心が無意識にそういう場所を求めていたんだと思うんです。手負いの獣が草むらにじっと身を潜めて傷が回復するのを待つみたいに、そういうところじゃないと休まらないくらいの疲れ方をしていた。とにかく何をする気にもなれなかったので、気持ちが大きく動くようなことはなるべく少なくして、できるだけ省エネで行きましょうという感じでした。

偶然上の階にトータス松本さんが家族と住んでいらしたのですが、トータスさんがお風呂で歌っている歌声がときどき聴こえてきて、それがまたすごく良かったので、聴くともなしに聴きながら癒されていました。

トータスさんたちが出て行ったあと、今度はブタを飼っている人が越してきて、そのブタがまたすごくかわいかった。ブタもいるなんて楽しいな、大家さんもいい人だったし、このくらいのエネルギー低めでゆるめな場所が今の自分にはしっくりきてるんだと思って、自分では全然そこを出ていく気はなかった。このまま永遠にこの場所から出ていけなくても、別に構わないと思っていました。


菊地成孔さんの本が私を救ってくれたんですよ、あの時は。そうとしかいえない。あの人の『スペインの宇宙食』という本を読んで、急に「出なきゃ、ここ」って思ったんです。

忘れもしない、恵比寿のアトレに入っている本屋さんだったんですけど、手にとっちゃいけない、この本を今、読んだらだめだ、全てが変わってしまう、となぜか思って、棚に一回戻した。そうして、いったんスターバックスに行ってお茶を飲んで、でもやっぱり買わなきゃだめだと思って、戻って、買ったんです。呼ばれたんでしょうね、自由に。でもそれを拒む自分もいました。生活を変えたくない。めんどくさい。今のままで別にいいじゃないって思っていたのに、なぜかやっぱり戻って、手にとって、読んでしまった。

そして、結局その本に描かれていた自由が、私がその部屋を出るきっかけになったのです。

体のセンサーって、そんなふうにすごくよくできていて、あんなに疲れ果てていたのにゆっくり回復して、もう大丈夫じゃないの？　っていうタイミングで、向こうからきっかけがやってきた。私の場合はそういう感じでしたけど、誰にでもそれは訪れるはずです。

あの時の私も、「立ち直りたい」とか「ここから出たい」と思っていたわけではないし、無自覚だったけれど、それでも転機というものは、その時がくれば来てしまうものなんだと思うんです。

だから、焦らなくてもいい。急ぐ必要もない。何もしていないようでも、無為の時間なんてないんだと思うんです。生きているだけで、体は常に動き続けているから。人間には必ずそういった野性的な何か大きな力が備わっているので、自分の中のそういう力を信頼してあげるってことが、そこに力を与えることになるんだと思うんです。

何かが終わる、変わる時って、自然なんです。私のケースのように大きな変化のきっかけはささいなことなんです。そんなふうに突然来る。

だから、自分のセンサーを磨いておくことの方が大切で、わかりやすい転機をむりに起こさなくてもいい。

自分から変化を取りに行く時って、自分のことも、周りのことも、人生の流れみたいなものも、実は全然見ていない感じがするんですよ。

実際の転機は、生活の中で自分を整えているうちにふいにやってくる。決して縄ではない。もっと糸みたいな、ちいさくてささやかなこと。でもその糸をふと見つけ、そっとつかまえてひっぱっていったら、だんだん太くなっていくというイメージです。私にとっての成孔さんの本に描かれていた自由のように。

誤解を招く言い方かもしれませんが、周りの人たちを見ていても、自分のことばっかり考えている状態が長く続くと、鬱状態になるんじゃないかと思うんですよ。自分の内側ばかり見て、自分のことばっかり考え続けていたら、それはやっぱり自家中毒になりますよ。エネルギーも循環していかないし、自分で自分自身を責めて、責め続けて蝕むことになる。そして他の人がしてくれることにまったく感謝できなくなる。そういう状態が続いたのが、鬱病の直前の状態というものじゃないかと思うのです。

そういう時って、決して周囲に感謝できないし、人の気持ちも見えないのに、自分を大切にもできない。寒いのに、眠くならないように暖房もつけずに仕事をしていたりする。

そうやってあまりよくない環境に自分を置いているのって、無意識のうちに自分を責めて、いじめているんだと思うんです。とっくに暗くなっているのに、照明をつけられなかったりとかね。椅子にものすごく浅く腰をかけていたりする。そういうことをひとつひとつ自分に優しく改善していくことでも少しずつよくなっていく。

自分のセンサーを見失わないためには、自分のいい状態というのを知っておくといいんだと思います。体の中の反応のいい状態、気持ちの上でもこの状態はわりといいなというのを体感で知っておくと、そこから大きく外れると、わかるようになる。もし小さく外れただけでわかるようなら、より早く回復できる。

何がいい状態かは人によって違うと思いますが、たとえば空気がきれいで澄んでいる状態みたいなのがサインの人もいると思うし、足が温かいと元気だ、みたいな人もいるでしょう。人は必ずその人自身のいい状態をちゃんと知っているはず。最近まったくあのいい感じにならないなって思ったら、要注意だし。いい状態に近づいていくようになんとなく心がけていると、大きく外れることもなくうまくいく気がします。

体を変えたい？

自分を変えたい。

わかりやすいたとえとして、そのきっかけとして筋トレにハマる人たちが増えていますよね。

体を変えることで見た目も変わって、健康になれるなら別にいいんだけれど、生身の人間がやるにしては、やり方があまりにも極端なことが多い気がするんです。

ジムに通ってマシンで体を鍛えるだけじゃなくて、食事もそれまでとはガラッと変えてしまう。とにかく脂肪を燃やして、筋肉をつけたい。そのためにはタンパク質が必要だからと、プロテインを飲んだり、サラダチキンばかり食べたり。

それで短期間に十キロ以上、体重を落としたりしている。意志の力でがんばって、がんばって、目標は達成できたかもしれないけれど、あまりにも急激な変化が体と心に何をもたらしたのかは、その時点ではまだわからないわけです。そして変わったら変わったで、今度はその筋肉をつけた体を維持するために、その極端なやり方を継続していかなければならなくなる。

流行っているグルテンフリーや糖質制限にしても、考え方としては似たようなものですよね。小麦粉に含まれるグルテンで頭がぼんやりしたり、アレルギーの原因だから、小麦粉を使った食品をとるのを一切やめてしまえば、面白いくらい一気に体調が良くなったりする。そのためにものすごく偏った食生活を長期間にわたって自分に課している。あるいは糖質をギリギリまで制限すれば、一気にやせる。ファスティングだって、やり方によっては即効性を期待しているわけですよね。一週間断食して、体内をデトックスすることで、違う自分になれる。体のシステムそのものをこれまでとまったく違うものに根本から変えようとしているわけです。そうでない穏やかなファスティングもあるのでいちがいには言えないですが、急なことはとにかく体がびっくりしますよね。心身が一丸となれるペースが必須だと思います。

実は、私もお酒と炭水化物を一カ月くらい断ったことがあるのですが、確かに体重は五キロくらい減ったんですけど、生きてることがまったく楽しくなかった。私に関してはですが、小説に影響が出そうだな、と思って、すぐにやめました。

わかりやすくて極端な方法って、短期間で結果が出せるから、ハマる人が多いのもわかる気はするんです。でも、果たして一生続けていけるのか。続けていっても本当に大丈夫なのかは、やってみないとわからないわけで、それってあまりにもリスキーじゃないですか。

体も人によって違いますから、ある人にとっては大丈夫でも、自分も大丈夫とは限らない。こんな食生活を続けていくのはやっぱりむりだと思って、ある日突然ずっと食べていなかった小麦粉を体に取り入れたら、それこそアレルギー反応が起きて、へたをすれば、命に関わるかもしれない。

体重を落とし、見た目を変えるという目的のために、あまりにも安易に極端なやり方を取り入れても、内臓から全て働きが変わってしまった体は、もとに戻せるかもわからないし、その先もずっとその体でやっていくしかないかもしれない。それが人生にとってよいことかどうか、わからない。

変身願望はたぶん誰にでもあって、それまでの自分とは違う自分になれたら、幸せになれるんじゃないか。その気持ちはみんな持っていると思います。でもきっとそれはまるで人生に定着させるかのように、少しずつ完成していくものだと思います。

ビフォアの自分をリセットして、まったく新しい自分になるなんて、フィクションの中なら楽しいけれど、現実にはビフォアもアフターもずっと同じひとつの体を生きてきたし、その先もその体でずっと生きていくわけです。

アスリートの人たちは、目標があって、それに合わせた体づくりをそれこそ子どもの頃からコツコツやってきたわけです。それくらい長い時間がかかっていれば、体もバランスをとってくれるけど、短期間でわかりやすい結果を出そうとすると、必ず何か起きますよね、生理が止まるとか。何か起きてから引き返そうとしても、もとの体に戻るには、ものすごく長い時間が必要になる。

人間の体というのは、そのくらい精密にできていて、本当にデリケートなものなんだと思うんです。

叶姉妹なんて一見極端の極致に見えるじゃないですか。でも違うんです。ポッドキャストの番組の質問コーナーで「十キロ太っちゃったんだけど、もし叶姉妹だったらどうしますか」と聞かれた恭子さんが「私の体は作品だと思っているので、十キロ増えるまで気づかない、対処しないということはありえない」という意味のことを答えてらしていて、やっぱり、そのくらい日々繊細に体と向き合っているから、あそこまで徹底できて、完成されているんだなとあらためて思いました。

自分の体を急激に変えようとするのは、自分の体を信じていないからですよね。でも、今、生きてるし、心臓も止まっていないということは、あなたの体はこれまで実によくやってきたし、そのためによくバランスをとってきたということでもあるはずです。

その人がその年齢まで育ってくる中には、体が毎日二十四時間どれだけの反応をして、どれだけの処理をしてきたのか。ぎりぎりのところでやっているところもあれば、比較的たやすく動いているところもある、そのバランスもその人だけのバランスであって、その年齢までがんばってつくりあげてきたものだと思うんです。

ずっと体のことを気遣った生活をしてきたかと言えば、若い時にハメもはずしたし、無理もしてきたという人がほとんどだと思います。大量のお酒が入ってくれば、それを消化して、寝不足でもとにかく機能を止めずに、なんとかやってきた。ここまで生きてきたんだから、自分の体には自分のためのシステムができているはずで、それをまるごとなかったことにしようとしないで、もっと自分の体を信じてもいいいんじゃないかと思うのです。

運動も健康法も思想も、そのことで自分が快適、だから毎日が楽しいというレベルでちょうどいいんじゃないかと思うんだけど、みなさん、もっともっとって、その先に行こうとしますよね。歯止めがきかなくなっている。それは欲ですよね。はたから見ると、そういう状態は、やっぱりちょっと息苦しく思える。「最近、あの人に会うとちょっと息苦しい」親しい人がそういうことを感じ出したら、たぶん注意すべきポイントにきている。そこで見直したり、立ち止まったり、引き返すことができないと、どんどん苦しくなっちゃう。

何がそこで幸せになることを阻害してるかっていうと、やはり欲だと思うんです。

欲って、人間にとって本当に毒にも薬にもなるものだから、扱いには気をつけたほうがいい。もっときれいになったら、もっとお金が入ってきたら、もうちょっと土地をもらえたら、何でもいいんだけど、今の自分では満たされなくて、もっとよくなりたいみたいなものさえ自分で自覚、あるいはコントロールできれば、その人の幸せな感覚はおのずとあがると思います。

欲望って、突き詰めれば突き詰めるほど、目指すほど分量が大きくなっていく。そうして、いつしか自分のキャパシティを超えてしまう。

欲が肥大した状態というのは、恐ろしい。欲望のまま、全てをかなえようとすると、それこそ木嶋佳苗さんみたいになってしまう気がするんです。

週に七日、美味しいものを食べて、毎日のようにセックスをして、お金ももっともっとほしい。満たされても満たされない、突き詰めても突き詰めきれないものを追い求めてしまうのは、体に制限されていない完璧な自分に戻りたいっていう、ひとつの根源的な欲望があるんじゃないか。

早く違う自分になりたいとがんばってもその先に一体何があるのか。もっと完璧な自分、もっともっとって追求すればするほど、自己完結して、孤独になっていく。ひょっとしたらひそんでいる気持ちはそれまでの人間関係も全とっかえしたい、かもしれないし、お金持ちになりたい、かもしれない。だとしたら、見つめるべきだったのは外見ではなくて、人生に、命に感謝できない自分の状況だったのではないか。

じゃあ、百パーセント自分が好きな自分になれたら、それで幸せになれるかって言ったら、百パーセント周りから友だちがいなくなると思います。自己完結して、孤独になるだけで、自分だけいればよいということになってしまう。

好きなところと嫌なところ、どっちもあるから、つきあっていきたいと思えるんじゃないでしょうか、お互いにだめなところがある人間として。自分だけで完結する、本当にそんなふうになりたいの？　って、いつも問いたくなるんです。

神様だって、自分を百パーセント好きってことはないですよ、きっと。

神話を読んでも、どんな国の神様たちであっても、いいところはすごくいいけれど、悪いところは極端に悪い。いいところもあれば、悪いところもあるから、人間というかたちをした存在はすばらしいのであって、Aの欠点をBが補う、そうしてそれぞれが得意なことで力を合わせて補い合えるから、人は他人を必要とするんだと思うのです。

欲望を突き詰めても、孤独になるだけ

何が欲望をそこまで加速させているのかって言ったら、文学的な言い方をするなら、人間はもともと魂だけだったとして、肉体を持った時に制限ができるわけじゃないですか。そうすると、制限がなかった時に戻りたいみたいなのが常にあるんじゃないか。

魂だった時なのか、赤ちゃんだった時なのかわからないけど、そこに還りたいって思っちゃうんじゃないでしょうか。まったく安心で安全で快適で全ての欲がタイミング良く満たされるって、そんなことは体を持っていたらありえないよっていうのをちゃんとわかっていれば、欲望を突き詰めて、突き詰めて、完璧な自分を目指そうみたいにはならないで済むはずです。

たとえばどんなにミニマリストになったとしても、トイレには行かなきゃいけないし、服も汚れる。人間が体を持っているってそういうことだから。

どんなに欲望を突き詰めていったとしても、百パーセントはないんですよ。それを知るために、人間は体を持ってこの世に修行にきたとしか思えない。人間の体というのは、年を重ねれば重ねただけ制限も増えていくし、メンテナンスも必要だしとても大変な持ち物です。でも体が動かなくなった時、逆に心は広がっていくかもしれない。そんなふうに刻々変化する中でのバランスやその時々の制限とのつきあいこそが人生なんだと思います。

自分の体も、自分の人生も、完璧にコントロールしようとすると、ものすごくがんばっているはずなのに満たされず、まだ足りていない気がして、いつまで経っても、幸せを感じられないところにおちいる可能性があると思います。変化していく自分の体を良いところにキープできる人は、幸せになれる人でしょう。
私の父がよく言っていたのは、人生の流れは、向こうから来るのと自分から行くのが五十パーセントくらいずつがちょうどいいんだと。自分の意志とか考えが五十で、人生の流れみたいなものが五十。その折り合う地点みたいなところにバランスをとっていつもいると、ちょうどいいって。

焼肉が好きだから、毎日焼肉を食べたら幸せかと言えば、妄想しているだけなら楽しいような気がするけれど、実際にやったら体を傷めるし、体が傷めば心も傷みます。だいたいの行きすぎていることって、そうですよね。たいがいのことは突き詰めすぎると、心身を傷める。

若い頃は力も余ってるし、流れに逆らってでも欲望を満たそうとする。そんな失敗が教えてくれるんだと思うんです。「この間もこれやって、やっぱりダメだったもんな」というのがわかってくると、自分の能力やキャパシティもわかってくるだろうし、だんだんうまく調整ができるようになる。

そうやって、制限のある肉体とつきあいながら、自分や自分の体と折り合いをつけていく。それって本当によくできてるシステムだから、もっと自分の体を信頼して、そのシステムに助けてもらってもいいんじゃないかと思うんです。

ああ、今バランスがいいなあ、と思った時をよく憶えておくこと。そして同じ状況を麻薬的に再現することを求めるのではなく、いろんなパターンで心身が似た良い状態になる場面を増やしていくこと。その引き出しが増えていくにつれ、「あれ? 最近まったくあのいい感じにならないな」って、よくない時がだんだんわかるようになりますよね。いい状態に近づいていくようになんとなく思っていると、大きく外れることもなく自分の心身との関係はうまくいくようになる気がします。

第二章

大きな出来事が教えてくれること

時の流れに、身を委ねるしかない時がある

　幸せをどうやっても感じられなくなる時というのは、生きていれば避けがたくあることだと思います。大切な人を亡くしてしまうとか、失恋するとか、離婚するとか、大きな病気とかね。避けがたいけれど、どうしても自分に大きな影響を与えてしまうような出来事って必ずあって、自分の内面のガードだけではどうしようもないから、ただ、ただ、時間をとって解決していくしかない。

「時間がいちばんの薬になる」それがわかっていても、本当につらい時期ですよね。

こんなにしんどいことにもうこれ以上は耐えきれないから、早く元気になりたいと焦ったりもするけど、忘れたふりをするとあとですごいダメージがくるから、つらくてもほかのことでまぎらわせたりはしないで、悲しいなら悲しい、落ち込んでいるなら落ち込んでいるということを堂々と表現していいんだと思うんです。

私がそれを痛感したのは、本当に仲の良かった友だちを亡くした時でした。その直後に愛犬も急死した。

いろんなところで書いてきたことですが、あまりにも悲しくて、何にもできなくなっちゃった。ただひたすらに悲しくしていたくて、誰にも会いたくなかった。誰かに会えば、相手は通常運転なわけで、こっちもそれに合わせて振る舞わなきゃいけなくなるじゃないですか。むりして、自分の気持ちに嘘をつくこともしたくなかったので、仕事以外は本当に誰にも会わずにいたら、何人かの人に「自分と縁を切ったのか」と言われました。もちろん、その都度、丁寧に説明しましたよ。「いや、そうじゃないんだ。誰だって、友だちが死んだらそうなるでしょう」と。結局一年くらい、不義理をすることになりましたが、そうして良かったなと思います。次に人に会う時も、むりせずに済みましたから。一年が長いのか短いのかはわからないけど、私には必要な期間でした。

そういう時って、たぶんこのくらいかかるんだろうなって、生き物のカンで、なんとなくわかったりするじゃないですか。焦っても、あまり変わらない気がします。その時間が経つ間を、なるべくどういうふうに過ごすかくらいしか、できることってあまりない。

自分にとって楽な人と過ごすとかね。優しい言葉で話せる人、気持ちが安らぐ人と過ごす。会いたくない人には会わない。ひとりの時間を持つ。とにかく、自分にむりをさせないことですよね。

両親を亡くした時もそうできたら良かったのですが、社会的な対応に追われて、そういう時間を自分にとってあげられなかった。あれは本当に失敗したなと思いました。

ただ、自分がすごく落ち込んでいるから、人がよく見えるんです。「この人、全然私のことを思ってないな」ってことも怖いくらい見えて、これまで幻想の中にあった人間関係が一挙にクリアになる感じがしました。

父親が亡くなる時に、これでもう最期だと思って、ひとりで病院に面会に行ったら、なぜか先に来ている人がいる。父がひきあわせてくれた縁のある人、そう受け取るべきなのか、その時も迷いました。でもそういうタイプの人って、どうして今、この席にこの人がいるんだろうって時になぜか必ずいたりするんです。

決して気分も良くない。そういう偶然が何回も重なると、死にゆく人からの警告のように思えてくる。そんなことくらいで悪く思ったらいけないって打ち消してはみたものの、何回か似た経験をしてさすがに私も悟りました。悪い人じゃないのかもしれないけど、こんなに間が悪いってことは、深く関わらない方がいい人なんだろうなと。そういうお導きみたいなことって、人が死ぬ時には必ずあるような気がします。魔や迷いのようなものも入ってきやすい。その点、友だちを看取った時はすばらしい人たちといっしょにいられて、今も心に残る良い時をすごしました。でもやはり魔はあったんです。ちょうどその時、「来週東京に行く」とメッセージを送ってきた知人がいて、今友人を看取っていて病院にいるからまた後ほど落ちついたら、と保留していたら、その人が突然亡くなったんです。自死ではなくて、病気でした。やはり、日本の古来からの風習で、魔をさけるために亡くなった人の体の上に守り刀をおくことには意味があるんだ、としみじみ思います。

愛犬を亡くした時も、似たようなことがありました。ずっと具合が悪かった犬がちょっと持ち直したので、友だちとごはんを食べに行く予定を入れて、すぐに帰ってくるつもりで出かけたら、その間に犬が死んでしまった。その時も、ああ、これはこの人とは縁がないんだな、と犬が教えてくれたのかもしれないなと。

その人も、別に悪い人じゃない。いい人なんですよ。いい人だと思ってるから、ごはんに誘われた時も行くことにしたんだけど、自分では決められないからお店を決めてほしいと言われて、こっちは犬が死にそうだし、本当はそれどころじゃないわけです。これはもう、元気な時じゃないと会えない人なんだなって、ごはんを食べてる時、ふとそう思えてきて「ごめん。やっぱり今日は帰るわ」って急いで帰ってきたけれど、間に合わなかった。

その時に学んだ気がするんです。自分では大丈夫、できると思っていたけれど、本当はむりをしていたんだなって。そういう時の私のように、自分のキャパを超えてまで、人づきあいをしたらダメなんだと思います。自分が弱っているのにむりしてがんばろうとすると、かえってよくない状況になるってことが身に染みてわかりました。


だから弱っている時は、むりしないほうが結局はいいんだと思うんです。

じっと時の流れに身を委ねて、そういうだめな時の自分だからこそわかること、学べることが起こっているんだと思っていればいい。

普段の生活の中で、人間関係を見極めることって難しいじゃないですか。

あの人とは合わないと思っても、下手に切ろうとすれば、トラブルになるし、多少うまくいかないことがあっても、いや、いい人ではあるんだし、もう少し深くつきあえば、関係がよくなるんじゃないかって迷う。でも何かのタイミングで露呈するんだと思うんです、その関係が自分にもたらす真の意味みたいなものが。

大きな悲しみに見舞われた時の不可抗力な流れは、それを知るための大切なチャンスでもあるんだと思います。自分に何が必要で、何が必要じゃないか。大きな運命の流れが見える瞬間ですよね。そうしたら抗わずに、その流れに素直に従ったほうがいい。去っていく人は、自分の人生の流れにはいなかったんだな、と。

自分が落ち込んでいて、余力がないからこそ、わかることがある。元気じゃないと会えないってことは、それまでむりしていたってことですから。機嫌の良さを期待されてもできない時だからこそ、見えてくることがある。

若い頃は、自分に勢いがあるから、そういうことをなかなか受け入れられずに、いや、自分さえ少し気持ちを抑えればまだどうにかできるんじゃないかって、ずいぶん抗ったりもしました。でも、抗っても、どうしようもない時がある。出会ったことはめぐりあわせだとしても、それが続いていくかどうかは、実際には自分で決められることではないんだろうなと。

どんなにがんばってみても、うまくいかない時はいかない。そういう時は、もう大きな流れみたいなものに、委ねるしかない。そういう大きな流れを、私は「宇宙の法則」と呼んでいるのですが、父はそれを半分の「向こうから来るもの」と呼んでいたのかもしれませんね。諦めや自分の限界を知ることも、生きていく上では大事なことなんだと思うのです。それを知ることで、人は欲望や執着を手放せるようになるし、他者の存在が初めて本当に見えてくる。

不可抗力としか言いようのない大きな出来事は人を打ちのめすけれど、無力感を受け入れることで、人は、自分の人生だからと言って、自分で百パーセントコントロールすることはできないんだということを、否応なく学んでいくんじゃないかと思います。

人間は、慣れていく生き物

　たとえば、死んだ人のことを思って朝からずっと泣いてばかりいたような日でも、悲しいことだけでほかに何もなかったかといえば、そんなことはないですよね。親戚のおばさんと久しぶりに話をした、あの時間は良かったなとか、あの時、飲んだコーヒーはやけに美味しかったなとかね。よくよく考えると悲しい中にもいい時間ってちゃんとある。不可抗力な出来事って、そういうことに気づけるようになるための、すごく大きなきっかけのような気がするんです。それって、ほかの時期にはなかなかわからないことで、そういうことに気づけるようになると、時間を割っていけるようになる。

悲しい時だからこそ見える美しいものや、つらい時だからこそわかる優しいものがあることを知ると、自分の身に起こることを大雑把に「悲しかった」「つらかった」だけでまとめなくなりますよね。人生の機微みたいなものを、ちゃんと味わうことができるようになるんだと思うんです。

後悔先に立たずと言うけれど、生老病死にまつわる大きな出来事が起きた時、「もっとこうしたらよかった」と誰もがきっとそう思う。失恋した時もそう思うだろうし、病気になった時も、親が死んだ時も、やっぱり、そう思わずにはいられない。

私も、親を看取った時に思いました。

もっと親が動けるうちに、あれもこれもしておけばよかったって。全ての人間関係ってそういうものですよね。失うたびに思うことですが、なるべく悔いなくとしか言いようがない。必ず悔やむし、悔やんでもとりかえしはつかない。それでも、失った後の自分に慣れることができるからこそ、人間はどうにか生きてこられたんだと思います。

どんなに悲しくても、そこにずっととどまっていることはできない。

失恋だって、そうじゃないですか。

あんなに好きだったはずなのに失って、あんなに悲しかったはずなのに、また好きな人ができたりする。じゃあ、あの時の気持ちは、一体何だったたんだと。こんなにつらいなら、いっそ死んでしまいたいと思った気持ちさえ、だんだん、ぼんやりしていって、やがて過去になる。

身も蓋もないようだけど、結局、人間には今、目の前のことしかないってことですよね。

後悔はどんな人間関係にもついてまわるものだけれど、過去をどんなに悔やんでも、できることはもう何もない。あの時の自分の目の前にはその判断しかなかったんだから、しょうがないなと思うしかないし、あの時の自分と、未来の自分を信じる。死ぬ時のことは、死ぬ時の自分がちゃんと考えてくれるだろうって、未来のことは未来の自分に丸投げするしかない。

通りいっぺんな言い方かもしれないけれど、だから今を悔いなく生きるしかないんだなと。そう思えるまでの過渡期がしんどいんだと思います。

どんなものも、うつろう、変わっていく。無常であるということは、でも、決して悲しいだけではないし、時の流れは、人間は慣れる生き物だということを教えてくれる。

慣れるって、偉大なことだなと思います。

二年くらい前に骨折をした時もはじめは何回も思いました。「ああ、昨日の今頃は、先週の今頃は歩けたのに」って。でも時間が経つにつれて、骨折している自分の方に慣れていくじゃないですか。そうなったらそうなったで、その状況の中にいる自分の人生に身を任せて楽しむってすごく大事なことだと思うんです。

骨折して階段をのぼれない自分になじんでいくように、失恋して隣に恋人がいない自分にも、だんだん、だんだん慣れていく。慣れていくその過程の中に癒しというものがあるのだから、そういう時間の流れをもっと頼りにしてもいいんじゃないか。

放っておいても流れてくれるんですから、時間というものは。そのありがたさに、ただ乗っかっていけばいいんです。

何か大きな悲しみがあった時、たとえば親がいない自分、離婚した自分、仕事を失った自分に対して「こんなの、いやだ！」って受け入れがたく思ったとしても、体の方が先に慣れてくれるんだと思うんです。無力感に打ちのめされている時でさえ、繰り返す日々の生活が、勝手にどんどん推し進めているものがある。

そもそも体があることで、繰り返さざるをえないように私たちはできているわけです。体がある以上、食べなきゃいけないし、トイレにも行かなきゃいけないし、眠らなきゃいけない。新陳代謝ですよね、簡単にいうと。それから逃れることは、体がある限りできないわけで、それを基準に考えてしまえば、いろんなことがわかってくるはずです。

それこそ第二次世界大戦の時、収容所に入れられて過酷な生活を余儀なくされた、そして生き残った方たちが皆、判で押したように「どんな状況にも慣れました」と言っていたりしますよね。とうてい耐え難いほどの残酷な現実を前にして、それでも死なないで生き延びるために、人間は慣れることで乗り越えようとするんだなと。それって意志でも感情でもなく、それらに助けられながら体がすることで、そうやって時を稼ぎながら、私たちの体は、大きな宇宙の摂理みたいなものと同期している。それを思うと、慣れるということの恐ろしさと偉大さを思わずにはいられないのです。

幸せをどうやっても感じられない時にできること

たとえば「元カレが結婚しちゃった」って、いつまでも怒ったり悲しんだりしている人っていているじゃないですか。そういう人に、いいじゃないの、あなたは生きてるんだし。元カレに好きな人ができて結婚したって、子どもが生まれたって、死んじゃうより、幸せになってくれた方がよくない？

そういう身も蓋もないことを言って、よく怒られています。

ほかに女をつくって出ていったとかって、別れた直後なら、そりゃあ頭にくることもあるだろうけど、何年も経って、まだそんなこと言ってるなんて、言ってる方が不幸じゃない？

そういう、言われたくないであろう、耳の痛い事実を指摘しては、嫌われるということを繰り返してきました。

たとえば「うるさい。私は失恋したんだから、幸せな人が許せない！　ベビーカーなんて蹴ってやる」って人がいたら、それはとても不幸なことですよね。このままでいいはずないってことは、本人もとっくにわかっていると思うんです。

だったら、いっそショックを与えて嫌われて去るけど、考えるきっかけを置いていく、みたいな、そういう係の人間がいてもいいんじゃないかって。自分がそういう係を引き受けることも、大人になってできるようになりました。

負のモードをどうして抜け出せないかって言ったら、自分のことばっかり考えているからだと思うんです。人間って、自分に矢印が向きすぎている時って、決して幸せじゃないようにできている気がします。自己完結して、空回りしている状態。孤独になるし、他人がねたましいと思えてくる。それって、やっぱり、次に行けなくなっているからだと思うんです。もう何年も経っているのに、自分だけがその時の後悔の中にいて、流れる時に抗い続けているわけです。

今さら、ああすればよかった、こうすればよかったって思ったところでどうしようもないし、どんなに過去がすばらしかったとしても、時を止めることはできないんですから。ということは、つまり、こんなにつらい今だって、やがて過去になるってことですよね。流れる時に抗わず、過去に別れを告げることができれば、必ず次に行けるはずです。

人間はそういうふうにできているんですから、もうこれ以上はがんばれないと思ったら、力を抜いて流れに身を委ねたらいい。

宇宙マッサージのプリミ恥部（白井剛史）さんが、あれもこれもやりまくって自分磨きをしては悩んでいた私の友人に、さらっとこう言ったことがあるんです。「今やっていること、全部やめてみたらいいんじゃないですか？　何もしないのがいいと思います」って。

それを聞いて、私もハッとしました。

このままじゃいけないと言って、あれもこれもやることで、かえってつらくなっていることってよくあることだと思うんです。もっとこうあるべき、もっとこうじゃないといけないって自分を追い込んで、気がついたらコントロールフリークになっている。それって、自分にダメ出しし続けているようなものですから、幸せを感じにくい状態ですよね。

それって、本当に全部、やりたいことなんですかね。

そもそもそこまでして変わらないといけないような、自分なんでしょうか。

「AがダメだったからBでいく」みたいに、わかりやすい新しいゴールにすぐに飛びついてしまうことで、かえって見えなくなっているものがあるんじゃないか。ゴール設定を変えるより、まずは幸せを感じられなくなっている自分を労わってあげた方がいい。

傷ついてるってことは、幸せを感じる感度が麻痺してるってことですから、そういう時にむりして動かなくたっていいんだと思うんです。

プリミさんが言うように、いっそ何もしない。

何もしないってことを、やってみる。

何にもしない自分でいたって、一日の中にいいこと、嬉しいことはあるわけで、そういうひとつひとつをちゃんと感じて、ちょっとずつ積み上げていきながら、幸せを感じられる感度をあげていく。そのほうが、むしろ「自分にとっての幸せはこういうことだったのか」って、今の生活の中にある幸せを見つけることができるんじゃないか。


欲望も、行きすぎれば、執着になる。これ以上追求してもどこにもたどりつけない欲望は、もう手放すしかないし、諦めることは、決して挫折することではないと思うんです。諦めて、初めて次に行けるし、手放したことで、ようやく新しい道が拓けていく。

失うことはとても悲しい。でもそれを受け入れた時に、人は他者に優しくなる気がします。それもつくった優しさではなくて「ああ、大変だよね」とか「そういう時ってあるよね」って、他者のことを心から思う気持ちを持てるようになる。そして、それはたとえ言葉に出さなくても、伝わるんだと思うんです。

人と人との関係って、小手先のかけひきとかじゃなくて、自分の中にそういうきつい経験の引き出しをいくつ持っているか、それをどう表現するかで、自然とできていくものなんだと思うんです。そういう仕組みがわかってくると、自分のキャパシティを必要以上に広げたいと焦らなくなる。

欲望を追求した先に幸せがあるって思いこんでいると、お金があれば幸せ、結婚したら幸せ、身分があがれば幸せって、わかりやすいゴールに飛びつきたくなる。でも、それが本当に自分にとっての幸せかどうかなんて、本当はわからないことですよね。

そういう刷り込みを外すのって、実はものすごく大変なことで、社会全体が「次に行く、それこそがあなたの幸せです」って思い込ませようとしてきたわけです。

それをまず疑ってみる。もっと違う自分だけにとっての幸せがあるんじゃないかって、カスタマイズして考えてみる。自分のセンサーを使って、自分にとって快適な状況っていうのはどんな状況かを日々感じながら、ひとつひとつ積み上げていく。そこからしか、その人個人の幸せは始まらない気がします。

自分のことを、ちっとも幸せじゃないって思う時は、ひとりだけ取り残されたようで、孤独だし、途方に暮れたような気持ちになるけれど、どんな人もその大きな宇宙の流れの中で生きていて、自分には自分の命の流れのようなものがある。そのことをもっと信頼していいんじゃないかって思うんです。そうすれば、おのずと自分に要るもの、要らないものも見えてくるはず。それを信じ切れないから、人間はあがくんでしょうね。

そう言っている私自身も、まだ百パーセント信じるところまではいけてない気がします。でも、死ぬまでには九十パーセントくらいまでいけるんじゃないか、そういう希望を持って、今を生きていこうと思っています。

他者に向かって、開いていく

今の若い人を見ていると、良くも悪くも、ゲーム世代だなと思います。

何か考えるにしても、やるにしても、根っこにあるのは確実に枠が決まっているゲーム感覚なんだろうなと。頭の回転ものすごく速いし、これが失敗したら次はこう、その次はこうするって、どんどんシミュレーションして、先の先まで考えている。切り替えが早くてすごいなと頼もしく思う反面、「こうしたら、こうなる」って結果が決められた範囲で小さく小さく回しているように見えるんです。それだと、どんなに追求していったとしても、やっぱり、自己完結しちゃうし予想を超えることがないから、なかなか幸せになることが難しいんじゃないかって。

人間の幸福について考えると、どうしても他者の存在について考えないわけにはいかなくなるはずなんですよね。自分の枠を越えて、物事を見つめることができるようになった時に、幸せのあり方というのが、あらためて見えてくる気がします。

たとえば、人類全体をひとつのバンドだととらえてみる。

ひとりひとりが音を出すしかないんだけど、その時に自分の音だけを鳴らそうとすると、ひとりでカラオケに行って好きな曲だけ歌うみたいな、自己完結した世界になっちゃう。欲望を小さく小さく回している状態って、ちょうどそういう感じだと思うんです。「これをしたらこうなる」って、結果はすぐにわかるかもしれないけど、それればっかりだと、「自分の歌、もう飽きた。意外なことが何もない」みたいにやがてはなってしまうと思います。そうじゃなくて、もっと大きく大きく回して、人と人の間に起こること、自分と世界の間に起こるであろう意外な化学反応を信じていいんじゃないのって。

私は、よく若い人に「街に行って、店の人としゃべりなよ」って言うんですけど、きっかけはその程度のことでいいんだと思うんです。まずは、街に出て、人と出会って、小さな化学反応を起こすことから始めてみたらいい。

たとえば、北海道にひとり旅に行ったら、ひとりだから怖い目にあったりもしたけど、おかげで人情がしみたとかね。その程度のことでも、人間って少しずつ変わってきますから。自分のことを誰ひとり知らないし、大事に思ってくれない場所に行って、多少ひどい目にあったりすると、それがワクチンみたいになって、他者や世界に対してどんどん開いていけるようになる。

世の中は不安なことで溢れているかもしれないけど、そういう時こそ、そうやって自分の内面を整えておいて、自分なりの信頼の方法を見つけていった方がいい気がします。信頼できる者同士がぎゅっと固まるだけじゃなくて、もっと散らばって、いろんなところでいい種のようなものを蒔いて、それが育っていくのを信じていく以外にできることはないんじゃないかって。

今って、気に入った品があると、それを十個買って、十人に配って、その結果をみんなのインスタで見て、毎日チェックするみたいな、結果に期待している感じがして、それって、聞いているだけで感覚が狭くなる感じがするじゃないですか。

そういうんじゃなくて、別にそれが何にもならなくてもいいから、とにかく気に入ってどんどんバラまいてみたら、いつのまにか一年間で五百人にバラまいていましたみたいな感じの方が、予想外のことが起きる。「こうしたら、こうなる」みたいな狭い範囲のやりとりを、いかに手放していくか。それには、結果ばかりを求めすぎずに、シミュレーション通りにはいかないことを、どんどんやってみるしかないんだと思います。情熱を持って。情熱って幸せに向かう大切なキーワードです。

たとえばパンをつくってみるとかね。

私もそんなに頻繁につくるわけじゃないけど、そういうことでいいんだと思うんです。

やってみると、二次発酵で「うわ、でかくなった。なんでこんなにでっかくなるんだ!?」みたいなことがあるじゃないですか。水を入れすぎたり、温度が低すぎたりすると、ちっとも膨らまなかったりする。それはパン種が生きているからで、生きてるものを相手に何かしようとすれば、思い通りにいかないことがあって当然なわけです。

人間が人間に及ぼす何かっていうのも、ちょうどパン種の中で酵母が育っていくようなものだと思うんです。ほっといて様子を見ていかないと、どうなるかわからない。わからないことこそが人と人が出会うことの醍醐味で、自分のひと言とか自分の蒔いた種がどうなっていくのかをちゃんと見ていけるかどうか。
早く結果を求めすぎると、発酵しないし、発酵しないと、命も宿らない。

物事って、本当は遠ければ遠いほどいい、間接なら間接なほどいいんだと思うんです。なるべく間接になるように、なるようにしていけば、必ず結果は出る。間接っていうのは、全体の成り行きを俯瞰して大きく見守ることができるってことですから。

海が豊かならさんごが勝手に再生して、魚も増えるみたいに、まずは種蒔きをして、豊かな海にすることを心がけたらいいんだと思います。

第三章

自分を愛するということ

周りを幸せにしようとして、自分が不幸になっていませんか

その人がいい状態であれば、周りの人も幸せになる。

でも、それって「結果的に」でいいと思うんです。

懸命に生きることだけが人にできることだから、結果として「振り返ってみると、この人がいると幸せだったな」とか「会うといつも幸せを感じたな」という人物になれれば、だいたいのことは達成できるんじゃないか。

ところが、実際は周りを幸せにしようとして、がんばりすぎたり、むりをした結果、自分が不幸になっていたりしますよね。

特に日本人は、長い間そうすることが美徳だと教えられてきたから、人の顔色を見るし、自己犠牲的になりがちなところがある。たとえば、ひと昔前には、女の人は結婚することが一番の幸せ、結婚したら仕事はやめて、家庭に入るのが幸せ。家庭に入ったら、子育てをするのが幸せ。周りのため、家族のため、自分の身を削って、捧げれば捧げるほど、それは幸せなことなんだと教育されてきた歴史がある。そういう刷り込みを外すのって、簡単なことじゃないですよね。それに、人によるところはあれど、昔の人には昔の人なりの手の抜き方や楽しさがあったと思いますし。社会全体がその呪縛からとけていない中で、それでも「今」の時代をつくるために個人個人が抗っていくしかないのが、今なんだと思います。

だからと言って、自分の幸せだけを追い求めると、欲望ばかり肥大して、出口が見えない袋小路に陥ってしまう。要はバランスですよね。自分と他者の関係性を見誤ると、なかなか幸せにたどりつけなくなる。

それで思い出すのが、ある知り合いのことです。

久しぶりに会ったら、言葉づかいがすごく乱暴になっていて、「えっ、この人って、こういう感じの人だったっけ？」と私も驚いたし、周囲も戸惑っている様子でした。乱暴と言ってももちろん「この野郎！」とかではなくて、人当たりがつっけんどんになっていた。以前はすごくソフトにやりとりをする人だったのに、何かというと「それは違うと思います」とつっかかるような言い方をして、いちいち否定してくる。

あまりの変貌ぶりに「どうしたの？　何か嫌なことでもあった？」と聞いたら、「今までみたいにふんわりしていたら婚活に差し障るから、自分の思っていることをハッキリ言っていく生き方に変えました」という。「なるほど、でもやり方があまりにも極端だし、婚活にも逆効果なのでは？」と思ってしまいました。

本人はきっといろいろあって、そうすることにしたんだと思うので、悪い例みたいに出すのは申し訳ないのですが、今って情報が多すぎるからこそ、そういう極端に走ってしまう人が多い気がします。

まあ、やってみないとわかりませんから、やるだけやってみればいいし、周りの反応を見て、気づいていくしかないですよね。あ、このやり方はちょっと極端すぎたな、自分には合っていないのかもしれないなって。

彼女の場合も、もっと自分を出すという考え自体は悪くないわけで、もっとやわらかい言い方でかつ自分を出していけば、確かに婚活にいいような気はするので、方向性は間違ってない。

そういうことって、いっぱいありそうじゃないですか。

うまくいかないことが続けば当然落ち込むし、自己否定に走ってしまう。だからガラッと違う自分になることで、これまでのツケを一気にとりかえそうとしちゃう。それで「白がだめだったので、今日からは黒にします」みたいな、ものすごく極端なことになっている。「これまではふんわりしてたけど、今日からはつっけんどんでいきます」って、自分では変わったつもりでいるけれど、表面的なやり方を変えているだけなので、思ったように進まない。

これまでの自分が通用しないと極端なことに走りがちだけれど、本当はその間に白よりの黒とか、黒よりの白とかグラデーションが無数にあるわけです。そこを細かく細かく見てあげることができれば、自分に合ったむりのない突破口が見つかるはず。

段階を踏んでそうなってきたことは、段階を踏んで少しずつ変えていくのがいいんじゃないかと思うのです。そうしたらいつのまにか新しい自分が生まれていますよ。

どんなにがんばっても、自分では決められないのが人の縁

たとえば職場に嫌な人がいるとして、その人を変えるのってもう大人だから難しいじゃないですか。

他人は変わらないから自分が変わるしかないというのが、人間関係における鉄則ですから。なるべくその人とは顔を合わせないようにするとか、自分が対処することで切り抜けようとしますよね。あるいは異動を申し出るとか、その職場を辞めるとか、自分が変わることで、嫌だと思う環境を変えられる可能性は高くなる。

ところが相手が好きな人だったりすると、この距離感がおかしくなる。これをしてあげたら、自分のことを好きになってくれるんじゃないかと考えはじめる。そうなると、行き着く先は「自分はこんなにしてあげたのに」と、相手が自分を満たしてくれないことに不満を募らせたり、思い通りにならない相手を逆恨みしたり。相手にしてみたら勝手にいろいろされた上に怒られるなんてそんな理不尽な話はないわけで、人間関係においては、相手に変わってもらおうとか自分が何かすることで何かを得ようとしない方がいい気がします。

あるいは、期待されるとつい応えてしまうというのも、他者とのバランスによって起こることですよね。自分がそれを心から望んでいるのなら、そうしたらいい。でもそうじゃなくて、人に合わせたり、我慢していることだったら、必ずひずみがあとから何かの形で出てきて、その人のためにもならないし、自分のためにもならない。

ブッダの時代から手放せといわれているだけのことはあって、幸せを阻んでいる原因はたいてい欲ですよね。人間関係においても、それは例外じゃないと思います。

他者に対する欲が濃くなればなるほど、よくない結果をもたらす。ギュッと欲が濃くなると、空気がなんとなく重たくなるじゃないですか。どんどん濃く、重たくなっていってしまうのは、その関係をどうにかして自分の思い通りにしようとするからだと思います。それを息苦しく感じているのだとしたら、自然の流れに抗っているからですよね。

春になったからコートを脱ごうとか、夏になったから靴下を穿くのはやめようとか、みんな、自然にやっているじゃないですか。季節がうつろうように全ては流れていくものなのに、人はなぜか、人間関係だけはどうにかして固定しようと抗う。

義理のお母さんだから絶対に仲良くしなきゃとか、自分が休んだら周りに迷惑がかかるから休めないとか、明らかにうまくいってない関係でも、なんとかしようとがんばるから、しんどくなるし、余計な苦労が増える。

欲が出るのは、自分で決められると思っているからですよね。

だけど、本当はどんなにがんばったところで、自分では決められないのが人の縁です。

学校に行かなくなったらクラスメイトとは会わなくなるし、夫婦だって仲がいい時もあれば、そうじゃない時もある。もうどうにでもなれくらいの感じで、なりゆきにまかせてみたら、案外、その方がうまくいったりするものです。

恋人と別れたくないとか、あの人とは離れられないとか、執着する気持ちは、そりゃあ、出てきますよね。でも恋愛にしたって本当に集中していられるのは、生物学的にはしょせん三カ月という話もある。そこから先も続くかどうか、続くにしてもどういう形で続くかは、それこそ神のみぞ知ることです。

片思いに栄養をあげ続けるとか、三カ月を一年に分散させるとか、むりやりにでも維持するやり方はいくらでもあるかもしれない。でも、たとえ結果お別れすることになったとしても、それは「秋になったら、葉が散るよね」と同じなんです、きっと。生きていく道の中で受け入れていくしかない。

たったひとりで静かに自分を受け入れる

ほれぼれするほど自分の軸がぶれない人って、たまにいますよね。

おそらく、親の育て方が良かった、生まれながらに存在を全肯定されてきた人だと思うんです。周りからも本当に愛されて育って、ありのままに生きているのに、周りと衝突することもなく、なんとなくうまくいってしまう。人よりは苦しみが少なそうに見えるし、そういう人ってバランス感覚がいいというか、問題回避の能力が備わっている感じ。

すばらしいなと思うけれど、そうなれない人は、自分はそうはなれないと認めた方が楽になれる気がします。基本的には家族に何かしら問題がある人の方が多いわけで、どんな親であれ、自分の与えられた環境と思って、受け入れるしかない。

いいところばかりじゃない、だめなところも当然あるけれど「しょうがないよね、これが自分なんだから」と思えるようになれば、どんな境遇であれ、自分のことを不幸とは思わなくなる気がします。

愛されて育って、恵まれているように見える人だって、もちろん親を看取るとか病とか、人生の苦しみは平等に訪れるわけで、むしろうまくいっていた分、つらさも大きいかもしれない。

自分を受け入れる。それって、「自己肯定感」と最近よく言われている言葉とは別物だと思うんです。

自分はこういうところはだめだとか、こういうところはだらしないとか、誰だって何かしらあるはずで、いいところもあれば、だめなところもあるという方が自然です。

だから肯定まではいかなくてもいい。

愛するって、肯定することではないので。

ただ、受け入れること。だめなままのその存在を認めるということ。それができれば、他人を害したり、自分を害したりしなくても済むんじゃないかと思うんです。

「自己肯定感を持とう」みたいな言い方って、空間が足りない感じがするんですよ。狭い箱に入っているような気分になる。それって、その考え方の根底に、自分が自分を肯定できないと、他者からも愛されないという恐怖があるからだと思います。

他者から愛されることで、せめて肯定的なものを得ようとしているのだとしたら、それはもう、欲と欲の闘いだから、うまくいくはずがないですよね。自分を好きになりたいから、他人に愛されたいっていう悪い依存関係が生まれるだけ。自己肯定感を高めるために他人を利用する人は、自己肯定感を高めるために他人に尽くす人とマッチングしてしまう。

自分を受け入れるっていうのは、そういうこととはまったく違うことです。自分を受け入れるっていうのは、誰もいない空間で、たったひとりで静かにやることです。

人に言われた評価とは関係なく、「自分のここはいいところだと思うな」とか「自分のこういうところは本当にひどいな」とか、自分だけで思っていること。自分だけで思っていることとか、自分だけが知っていることって、実はものすごく大切。

だけど、今ってSNSとかですぐつぶやいたりして、みなさんすぐ手放しちゃうじゃないですか。私もSNSはやっているけれど、誰にも言わないでどこかに行って、それをどこにも載せないし、書かないなんてことは、いっぱいあります。そういう自分しか知らないことっていうのがすごく大切で、それが全てだし、それだけが自分を豊かにするコツだと言っても過言ではない。

ひとつのやり方は、とにかく人に言わないこと。ただそれだけです。

別に言わなきゃいいだけだから、何もしなくてもいいんです。

ひとり旅に出る必要もないし、日記も書かなくていい。もちろん書いてもいいけど、肝心なのは、何をするかじゃない。それをいちいち人に言わないことです。自分のしたことを、自己表現の手段として使わない。そうしないと発酵しないから。

写真を撮ったからってインスタにいちいちアップしたり、友だちに見せたりもしない。する時があってもいいけど、「しない時がある」ということがすごく大事なんだと思います。

誰と何をしたかを、いちいち人に言わない。

それだけで、本当に相当違ってきますよ。

そういう心がけがあることが、自分を豊かにする秘訣だと思うのです。

そうやって生きていると、何か良い空間ができるんですよ、自分の周りに。誰にも侵すことのできない空間が。「自分が自分にしかわからない喜びを自分に与えた」という時間が積み重なると、自分の周りに確固たる空間みたいなものができて、そこには人が入ってこなくなります。

「あの人には何か大事にしているものがあって、そこには入れないけれど、あの人に会うと気分がいいな」という状況が訪れる。そうすると人間関係もおのずと変わってくるはずです。自分自身が豊かな空間を持っているから、豊かな空間を持っている人と出会えるようにもなる。

人間関係って「そういえばそこにいたんだ。久しぶりに会いたいね」ぐらいが、ちょうどいい距離じゃないですか。それこそ家族なんて、いちいちしゃべらなくても、いるだけでいいわけですよね。まして他人なら「今どんな状況かよくわからないけど、元気そうでよかった」くらいが一番いいわけで、それ以上の何かを求めたりするから、おかしくなる。

ＳＮＳで人間関係の距離感がおかしくなっている人がたまにいますけど、おそらく日常生活でも多かれ少なかれ同じことが起きていると思うんですよ。

たとえば私はひと月に十人くらいから、自分の書いた小説を読んで、感想を聞かせてほしいと言われます。そして良かったら、一緒に本をつくりませんかと。

十代から四十代まで幅広い世代の見知らぬ方たちです。

私だって、自分の時間は自分のために使いたいし、自分の大切な人たちと過ごしたいじゃないですか。だから「それって私にとっては仕事ですから、有料ですよ」と言うのですが、伝わることはたぶんない。なぜか「満たされた人が満たされてない人になぜくれない？」という話になる。その人たちは、私がどれだけたくさんの時間を費して書き、学んできたかを一切見ない。

もし近くに話せる人がいれば、そんなやり方は思いつきもしないと思うんですよ。その人たちがその行動を止めるとも思うし。自分の不満を豊かそうに見える赤の他人で満たそうという欲が、そんなことをさせてしまうんだと思います。ただ、そうお伝えするとみなさんすぐ理解してくれるのが救いです。

みんな、いつか終わりがくる

この間、ＴＶを観ていて、ふと思ったことがあります。

私が十代だった八〇年代は、漫才ブームの真っただ中で、立役者のひとりだったビートたけしさんをTVで見ない日はありませんでした。でも今は、当時ほどTVで見ることがなくなっているし、今ひっぱりだこのマツコ・デラックスさんにしても、松本人志さんにしても、「あとどのくらいこの仕事を続けられるか」みたいなことをいつもおっしゃっていて、そうか、この人たちが出ていないTVをやがて見るんだと思うと、なにごとも永遠じゃないんだなって自然に思うじゃないですか。

親の世代は、とっくにそういうことを経験してるわけですよね。かつて自分が夢中になった映画やTVの中心にいた人たちはすでにいなくなってしまって、今出てる人たちは、みんな、よく知らない若い人ばかり。

きっと人は、そういう瞬間に、時の流れを感じる。

目に見えるものが、変わっていく。それだって、宇宙の法則が見える瞬間だと思います。

いずれその人がいない世界が訪れるというリアルな感覚が教えてくれることがある。そうやって考えてみたら、何もかも流れているので、その流れているということだけを全身で信じればいいんだと思うのです。

今、会っているものも、今、知っているものも、みんな、いつか終わりがくる。悲しい結論だけれども、そのことを信じてしまえば、過剰な欲は減っていくんじゃないか。

どうしたって、体の時間も流れていくし、自分も死に向かっているし、今あるものはだいたいなくなってしまう。どんなものもとどめておくことはできないんですから。

今起こっていることは今だけなんだと思ったら、悲しみも少しは軽くなるかもしれないし、楽しみもより深く感じられるかもしれない。

それこそ、死ぬ時に振り返ったら、どうせ全部が、幸せなんですよ。ただ流れの中で生きてきた人でも、死ぬ時はだいたい、あれもこれも全て幸せだったと思うんじゃないか。

こういう本の意味は、今生きている自分が、今幸せになりたいんだって話だと思うんですけど、どうせ最後は幸せと思うのなら、毎日をただひたすら生きていこう、と思っているだけでも、たぶん大丈夫な気がするんです。

そのくらいのスタンスでいられたら、それが一番幸せかもしれない。

恋愛だって追い求めたら去っていくものじゃないですか。幸せも、ぎゅうぎゅう追い求めたら、幸せのほうがいやだと思って逃げ出すんじゃないか。

生きていればただ幸せかもな、くらいがちょうどいいのかもしれません。

気分がいい瞬間を、積み重ねていく

幸せを目指そうとすると、「じゃあ、何か目指そう！」となって、お金がほしいとか、結婚して安定したいとか、有名になりたいみたいなことになっていってしまう。

そもそも、そのゴール設定自体が相当大雑把ですよね。

その人自身の欲望ですらない。そういうことが幸せだと思い込まされてきた、ただの刷り込みだと思うんです。社会にとって都合のいい幸せ、会社にとって都合のいい幸せを、教育や情報によって刷り込まれている。

私たちは、おそらく、長い時間をかけて、自分の感覚を失わされ続けてきた。自分のしたいことを優先しないで、社会に、人に尽くしなさいと言われ続けてきたから。もちろんそれは良いことですが、自分が苦しんでまですべきことではありません。刷り込まれた価値観を外して、自分を取り戻すのは簡単じゃないと思います。

自分にとっての幸せは何かと言われても、いきなり刷り込みを外したり、社会のことまで考えるのは難しいかもしれない。でも、なるべく気分のいい時間を増やすことは、誰にとっても不可能ではないことだと思うので、まずはそこから始めてみてはどうでしょう。

「自分は今、こっちだな」と思った方に、ためらいなく体ごと動けるようにする。自分の感覚でためらいなく自然に動けるようになれば、そのこと自体がもう幸せですよね。

自分の感覚を失っていない人って、見ててわかります。楽しそうに見えるし、感度良好。打てば響く感じがする。

かたや、欲望でがつがつ行ってる人って、どんなに安定してるように見えても、なんかひやっとするんですよ、一緒にいて。どんなに感じが良くて、どんなに笑顔でも、絶対本心は違うだろうなって。「この人って何かあったら平気で私を置いて逃げるな」っていうね。そういうのって、理屈じゃなかったりしますよね。

そういう時はその人から逃げる、離れる。危機管理アラームが鳴ってるわけですから、そんな時こそ、自分の直感を信じてみるって、大事だと思います。

今すぐ、どうしても唐揚げが食べたいから、唐揚げを食べる。

そんなささやかな欲望さえ、なんとなく流すのが当たり前になっていたりするでしょう。

みんながカレーライスを食べたいって言っているんだから、別に唐揚げじゃなくてもいい。今日何を食べるかなんて、別にたいしたことじゃない。そうやって、周りの状況を優先して、自分の感覚を過小評価しては、流すクセがついてるんだと思うんです。この本の中で何回か同じことに触れていますけれど、もしどうしても合わせざるをえない時は、自分だけは自分の気持ちをわかってあげるべきなんです。自分の心身を信じてあげる。

そういう感覚をできるかぎりスルーしないことで、変わってくることがある。たとえばひとりで美味しい唐揚げを食べられる定食屋さんに行ってみたら、久しぶりに昔の友だちに会えたとかね。その友だちに誘われてサーフィンを始めるとか、そこから始まっていく新しい流れがあるかもしれない。その人にとっての唐揚げの持つ意味は、その流れをたどっていってみないとわからないじゃないですか。

たとえ「唐揚げなんて、十回続けて食べたら嫌いになるよ」と言われたとしても、それだって、自分で十回食べてみないとわからない。そういうことを人に聞いたからとはしょらずに、やってみることが大切で、まずはそこから始めてみたらいいんじゃないかって。

自分の感覚をスルーしないで、育て直すこと。あらかじめ五感を奪われているくらいに思って、刷り込まれている価値観を自分からひとつひとつ、ひきはがしていく。

みんな、自分の心の声をどんなに聴いていないかってことさえ、もはやわからなくなっている気がします。

何が耐えられて、何が耐えられないか。

何が好きで、何が嫌いか。

人によって違うし、そういうセンサーをせっかく持って生まれてきたのに、現代に生きる私たちはそれをわざわざ取り外す訓練をしてきたわけです。その結果、生きているはずなのに、何も自分では感じられない。それが楽しいのか、嬉しいのかさえ、人に聞かないとわからなくなっている。

そういう自分のことを自覚して、もう一度、本来の生き物としてのセンサーを取り戻していくのが、生きるってことじゃないか。軸足を自分に戻すことからしか、自分の幸せは始まらないと思うのです。

第四章

この広大な世界の中で、自分を生かすこと

あるべきだった自分を、取り戻す

生きていくことは誰にとってもサバイバルですよね。

私自身の人生を振り返っても、何もかもがサバイバルでしたから。でも、こういうふうに生まれてこう生きてきたからって、それは幸せでも不幸でもない。ただ自分があるだけということを、ずいぶん早いうちに知らざるをえなかったんだなと思います。

だけど、早いうちから特殊能力を磨いてきたから今こうやってお仕事になっているわけで、どうやってひとつひとつ解決してきたかというのが、今、私がお話ししてきたようなことなんだと思うのです。

誤算だったのは、私の場合、思っていたより早くに世の中に出すぎてしまったために、誰一人、話が通じ合える人がいなかったということでした。大学卒業とほとんど同時に作家として世に出て、あまりにも一気に売れてしまったために、誰にも相談できず、誰にも理解してもらえない中、不可能を可能にしてきてしまった。二十四時間でやるのは絶対にむりというようなことを、心と体からひねり出すようにして何とかやってきた。

今、思っても、ずっと殺人的スケジュールでしたね。気絶しそうに疲れていても、約束だからとにかく家を出なきゃ、子どもにごはんを食べさせなきゃ、両親の介護のためのお金を稼がなくちゃって、このままじゃまずいとわかっていても、その時はやるしかなかったし、ほかにできる人がいなかったからどうしようもない。それで倒れて、入院したりして、やっぱりなあと思う。その繰り返し。そのスキルとともに二十代から五十代の今まで生きてきてしまったので、今でも時間があると恐怖が襲ってくるんですよ。いや、じっとしていたらだめだ、きっと生き残れなかっただろう。いつも働き続けてきたから大丈夫だったんだから、って。

だけど、これからの人生は、もとの自分、本来あるべきだった自分を取り戻していかないとやばいと思ったんです。それがわかっているので、今はむしろ何もしない訓練をしています。何もしないことができません、まだ。何もしないなら死んだ方がましみたいにパニック状態になっちゃう。過渡期ですね、だから。少しずつ少しずつ訓練していくしかない。今は自分を緩めなきゃいけないということで、精一杯。でも以前に比べたら、だいぶましになってきました。座ってごはんを食べられるし、お風呂にもゆっくり入れる。

あと十年生きられるとしたら、その十年の間に絶対調整してみせるという意欲だけはあります。自分にとっての「これをずっとやり続けていたらやばいな」っていうことを、ちょっとずつちょっとずつ緩めていく。私みたいに、周囲の状況からやむなくガーッと働きに働いて、その反動で、パタッと休むみたいな極端なやり方をしなくても、みなさんは日々の中で微調整していくことができると思うんです。

日々の微調整が、流れを変えていく

自分を愛するって、抽象的なことみたいにとらえられがちだけれど、日々の微調整のことだと思います。みなさん、案外自分のことを見ていないですよね。自分のことなのに、実はよく知らない人が多い。

たとえば、ランチを食べるとお金がかかるけれど、自分だけ外に食べに行かないのは気がひける、とか。それならお弁当を持っていくとか、朝たくさん食べて来るとか微調整の方法はあるわけですよね。

でもそれくらいはしてもいいんじゃないの？　自分の人生なんだからってことが、よくよく考えれば、いっぱいあると思うんです。幸せじゃないからエネルギーがわいてこない、そんなことをする元気もない、だから今まで通りでいい、みたいな悪循環になっていくのがパターンなのですが、この場合は行動すれば貯金ができます。そうしたら好きなことに使える。そんな元気とか、活気とか、希望とかを一滴ずつでも取り戻していかないと。

人間は習慣を変えるのが一番大変なものなので、よくないなと思っていることでも、これまでそうしてきたというだけで、そのままなんとなく続けてしまう。

うまくいってないことでも、しかたがないと諦めて受け入れている。そういうことが一日の中だけで山ほどあるはずで、まずはそういう自分のことをよく見てあげることだと思うんです。

ささやかな違和感でもスルーしないで、なんでそう感じるのかを考えてみる。何か満たされてないことがあると、他の欲求が過剰になったりしますよね。そういう時は、その大きすぎる欲求のもとが何なのかを探ってみる。自分をよく見て、自分を安定させるための手立てを考える。そうして、ちょっとずつでもいいから変えられるものは変えていくだけで、ずいぶん違ってくるはずです。

会社を辞めるとか、引っ越しするとか、極端な手段をとらないと、その場を逃れられない人がいるということも、私自身を振り返ってもよくわかります。その場で決着をつけたいと思うと、いきなり大きなことをして、全部を変えたくなっちゃう。でもその前にできることを全てしましたか？　と思うのです。

安定というのは、単に落ち着いているってことではなくて、何が起こっても、そうやって落ち着いて臨機応変に対応できる状態ってことです。安定している方が安全であるっていうのは、生き物の本能だと思うんです。そこがおかしくなるともう生きられなくなってしまうので。

いきなり大きく変えようとしなくても、そうやって日々の生活の中で、ちょっとずつ、ちょっとずつ、安定することができれば、それが個人の幸せ、生活の中の幸せに繋がっていき、やがて大きな幸せに繋がっていくんだと思います。

人生はリセットできるのか

そして大きく何かを変えれば、人生をリセットすることができるのかって言ったら、本当の意味では、できない気がします。新しい自分にもまた慣れてしまうから。

芸能界の友人、知人の話を聞いていると、いきなりスマホを捨てたりしている。きっと近づいてくる人が多すぎてそれしか方法がないんだろうなと思います。道でバッタリ会って「久しぶり。ごめんごめん、全部捨てたから連絡できなかった。これ今の番号ね、LINEもね」みたいな。でもその人がそれで生きていけるなら、もうそれでいいんじゃないかって。

ただ、その先を生きてみればわかることですが、その場はしのげても必ずまた同じことが待っている。だからスマホを捨てつづけるしかない。縁とか自分の無意識が決定している現実の流れというものからは、逃れられない。先延ばししても、乗り越えるべき問題は必ず何度でもやってくるから、結局はできることをできるだけその場でやってみるしかない。

流れが悪くなった時、自分が低調な時にどう振る舞うかっていうのは、人間にとってかなり重要なことですよね。そういう時に、人間って極端な行動に走りがちで、へたをすれば命に関わることなのに、よくそんな大雑把な選択ができるなと驚くことが多い。

その前に、自分が仕事ができなくなると周りはこうなるんだとか、自分が暗い気分だと周りも暗くなるんだ、とかそういう変化をひとつひとつ避けないで見ておくとか、できることがあるはず。できればどん底までいかない低調な時くらいに、自分の感覚をつかんでおくといい。

ただ、個人を責めてもどうしようもない面もあって、社会や教育の問題が大きいという気がしています。気づく機会はこれまでいくらでもあったんじゃないかと。

会ったこともない人のことを常に考えているのが日本人だから。遠くのことを気にして、何かをやめたりすることもある。そこには美しい面もあるけれど、心からしたいのでなければ考えた方がいい。

私はイタリアに行く機会が多いのですが、イタリア人にそういう発想ってないですから。人間関係に閉塞感を感じている人は、違う国を旅してみるといいんじゃないでしょうか。ヨーロッパの人はあまりにも他人に興味がなさすぎて、きっと驚くと思う。周りに合わせるという発想自体がない。でも他が手厚かったり優しかったりして、全然違う。

かと思えば、Ｔｗｉｔｔｅｒ（現Ｘ）で、これは心が不安定な読者が読んだらまずいなと思う発言をブロックすると、ブロックされた人じゃない人が「Ｔｗｉｔｔｅｒ（現Ｘ）は自由に発言する場所だから、そんな厳しくしなくてもいいんじゃないか」と言ってくる。それもひとりじゃなくて、何人もです。とり締まる法律がまだ整備されてないから、そんなゆるい考えでもやっていけるのかもしれないけれど、公の場所で思いやりを持たずはき違えた自由をまき散らすことって、幼児性ですし、品性に欠けます。

自分の感覚を取り戻すというのは、好き勝手をやることではない。自由と幼児性はまったくの別物ですから。

そうならないためには、感情に栄養を与えすぎないことだと思います。

極端な例ですが、すぐ感情的になって殴る人は、周りからも敬遠されて、気がついたら知り合いはケンカ仲間だけ、そのままかたぎじゃない世界に行ってしまうとかね。その流れでその人の将来まで設定されていきかねない。感情に栄養を与えすぎると、生存に関わる問題を見誤ることになる。社会的に逸脱するほどの欲望は麻薬と同じで、自分ではもう止められなくなるから、欲望だけで突き進んでいくと破綻しちゃうんだろうなと。

赤ちゃんだって、やってないですからね、感情のままには。赤ちゃんには生きるセンサーしかないから常に周りを探っている。犬だって、飼い主や周りの様子に気を配っているわけです。人だけが感情に過剰に力を与えてしまう。

何かに夢中になるっていうことを、感情に任せて一直線に突き進むことだと誤解している人がすごく多い気がします。本当に夢中になるって、他が見えなくなることじゃない。むしろ逆で、積み上げてきたものがあるからこそ、落ち着いて全部が見えている状態に近い。

幸せも、パアッと舞い上がっている状態を幸せだと思っているかもしれないけれど、それって表彰台に上がっている瞬間みたいなもので、一瞬のことじゃないですか。恋愛だって「好きです」「俺もだよ」ってなってから、その先をどうつきあっていくかが問題なわけで、ある種の感情のピークに達した瞬間だけが幸せではないですよね。

だから、社会や情報が「これが幸せ」と煽ってくるものを自分の中で精査するといいと思います。

私も「ちょっと待てよ？　私の望みか社会の望みかわからなくなってるぞ」と思うことがいっぱいあって、自分のいる環境を変えていくしかないと、徐々にですが時間をかけて変えていきました。だから気づきさえすれば、時間はかかるかもしれないけど、変えていく方法はいくらでもあるはずだと思うんです。周囲に決まった対応を習慣づけられているだけで、変えてゆく方法はたくさんあるんです。

それをするには疲れすぎている、余裕がないというなら、今すぐには変えられないけど、自分はこういうことが嫌なんだな、本当はこういうふうにしたいんだということを記憶しておくだけでも違ってくる。そうして、できるタイミングが来た時に、ちょっとずつでいいから、実際の生活を変えていけばいいんだと思います。

社会の問題と、個人の幸福は別物だから

不調の理由って、そうやって突き詰めて考えていくと、個人に問題があるというより、社会全体の問題だったりもしますよね。そうなると一朝一夕には変えられなかったりする。

たとえば、私は今、東京で暮らしていますが、そもそも食べたいものが売ってないなと感じることが増えました。味が濃すぎたり、砂糖が多すぎたりっていうのもあるけれど、「千円出して、このレベルのものを買うのか」ってことが増えた。体にいいとか悪いとかいう以前に美味しくないんです、単純に。美味しけれ

ば、別に添加物が入っていたって高くたっていいんだけど、まずい。そのうえ添加物も入ってて高いとなると、もう自分で作るしかない、というところまで来ているなと。

どうしてそんなことになっているかというと、要するに土地代が高いからですよね。食べ物というより、空間を買っていることになる。じゃあ、空間に見合ったサービスを受けられるかと言えば、全員が我慢している。

地方の「道の駅」みたいなところに行くと、その土地でとれた野菜や手作りの総菜をすごく安く売っていたりして、考えさせられます。都会で暮らしていくっていうのは大変なことだなと。台湾に行くと、値段に見合った安くて美味しいものが溢れているから、身も心も健康になって帰ってきます。街や人が健全に機能しているというのはこういうことだなって思います。個人の幸せのあり方も、その人が置かれている環境や社会情勢に否応なく影響を受けている。

たとえば、人が四人いて、饅頭が五個あるとしますよね。

ひとりはすごくおなかが減っていて二個ほしい、ひとりは満腹で、ひとりは今すぐ食べたい人で、ひとりはもうちょっとあとで食べたい人。そういう時に「私は今はそんなに食べたくないからどうぞ」という人と「今すぐ食べたい」という人と「私は持ち帰りたい」という人が、それぞれの気持ちをうまく、落ち着いて出せれば、解決するかもしれないことが、全員が口をつぐんだり、全員が飢えて、がっついていたら、どうしたって穏やかならざる状況が生まれるじゃないですか。

今の日本の社会って、そういう状況に近い。不況が長く続いて、本当ならいちばんいい解決策があっても、それを言い出しにくかったり、うまくいきにくい状況に社会の方が人間を追い込んでいる。だから、そういうしんどさを自分だけと思わない方がいい。自分も大変だけれど、自分より大変な人はいるよな、と思える想像力を持つことだけが人間にできることじゃないかと思うのです。

今の社会情勢を見ていると、自分の時間とか体を削ってやっていっても、その先に開けるものがあるような時代ではないなと感じます。きっとペースを落とす方がいいんだという気がして、私もシフトを変えているところです。年齢的にもその方がいいんじゃないかって。

以前と同じやり方を続けていてもダメだということはいくらでもあると思うので、今の世の中をよく見て、今目の前にあることに合わせて考え、行動していくということが大切だと思います。動いているから、世の中も、自分も。

お金の問題にしても、以前はがんばればがんばるだけ稼げた時代だけど、今はがんばっても稼げない時代ですよね。真面目にがんばっている人ほど大変なことになっている。だったら、もういっそサボったほうがいいくらいですよね。できるだけがんばらないで、どうやって自分を健全に楽にするかを考えた方が心と体の健康を損なわずに済む。やり方を時代に合わせて見直さないと、ただただ消耗してしまって、生命エネルギーが無駄になってしまうので。

だって、大学まで無理して進学したのに就職できないとか、普通に働いてるだけじゃ子どもが持てないとか、一生家が買えないとか、おかしいことだらけじゃないですか。若い人だって、別に働きたくないわけでも、結婚したくないわけでもないと思うんです。一生懸命働いても生活が成り立たないというのは、ちょっとバランスが悪すぎる。

今の社会の情勢に憤っていない人って、ひとりもいないんじゃないでしょうか。でも、希望があるとすればそれと個人の心の中の充実感って、また別のものだということだと思うんです。

どんなに大変な時代でも、個人の生活の幸せ、日常の幸せというのは必ずあるはずだから。

だからこそ、日々の生活の中で微調整をし続けることが大切で、そうすること
で自分の流れをつくっていけるはずだと思うのです。

自分の外側の世界を信頼すること

この間、タクシーに乗ったら、運転手さんの名前が「森田和義」さんだったんですよ。タモリさんと漢字表記が一字違い。そして二回目。人生で二回もモリタカズヨシさんのタクシーに乗るなんて思わないじゃないですか。今日がどんな日になるのか、何が起きるかは誰にもわかりません。それをどうとらえるかだけが、

私たちにできることですよね。

軽々しい宗教の嫌なところって「今日はいい運転手さんに当たるように、これこれをしましょう」みたいに言ってくるところで、人ってそういうエピソードを自分では選べないいんだけど、選べないことの中に何かあるんだと思うんです。

私のところに、モリタカズヨシさんのタクシーがきたことで、ほかの人のところにはモリタカズヨシさんのタクシーは行けなかった。それって、いいことでも悪いことでもないですよね。

よく「今日、悪いことが起きたのは、明日、いいことが起きるためだ」と言うけれど、本当は、何がいいことで、何が悪いことかなんて、一概には決められないんだと思うんです。

私がカラオケで百回くらい歌ってきた、松たか子さんの「Presence V」の、T-Pablowさんの歌の中に「君には曇った日でも　誰かはバーステーでしょ?」という歌詞があって、本当にその通りだなって。

自分でいっぱいいっぱいだと、起こった出来事を全部、自分にとっていいか悪いかって話にしちゃうけど、今日は曇りで嫌だなと思ったとしても、誰かにとってはバースデイなわけで、そういうふうに大きく見れば、いい、悪いってなくて、それこそ宇宙の大きな流れの中でのバランスなんだろうなと思えてくる。

自分にとってのいい、悪いって、宇宙にとってのいい、悪いとは限らないじゃないですか。

宇宙って大きいから、人間が目先の現実で推し量った小さいストーリーではまかなえないと思うんです。そういう謙虚さを持つ。自分が想像してる程度のことなんて、たいしたことないって思っていれば、そんなひどい心情になることはない気がするんです。

もちろんそれは、全てを受け入れなさいという話ではなくて、自分ができる範囲のことをのらりくらりとしているうちに、だいたいの問題がいつの間にか解決するみたいなことを経験したりして、わかってくることなんだと思います。

たとえば、同じ部屋にいる上司が、いい人だけど不潔でめちゃくちゃ臭いとするじゃないですか。

そういう時に「この人も誰かの子どもなんだからと思って、受け入れましょう」みたいな話があるけれど、臭いものは臭いんだから、「誰かの子どもなんだから」と思ったからって、解決しないですよね。解決しようと思ったら、誰かが大切に育てた子どもなんだ、ということをふまえた上で、いやな顔を見せないですむ程度に距離をとるとか、なるべく出かけるようにして同じ部屋にいないようにするしかない。心にユーモアを持って。

そうすると、その人がいつの間にか、臭くなくなっていたりする。奥さんに注意されたとか、長年着ていたシャツを捨てたとか、そっちはそっちで対処していたみたいな奇跡が起こることも世の中にはある。

直接その人に言って変えることが難しかったとしても、そういう宇宙の采配みたいなことが起きたりする。

自分の内側の世界だけじゃなくて、自分の外側に大きな世界があるんだってことが、自分の内側が安定していると、わかってくるんだと思うんです。

小説も、全部を己の考えだけで書こうとすると、小説にはならないんですよ。ある程度、枠をつくっておくと、そこに勝手にエピソードがやってきて、その小説に魂が宿るみたいなことが起きる。それって、海に雷が落ちたことで生命が誕生したみたいなことで、己、己だけで全部をコントロールしようとすると何も動き始めないし、何も生き始めない。自分がいくら考えてもできないものが勝手に降ってきて、それを見守れないと、ろくな小説にならないんです。

小説を長く書いてきたことで、現実世界も同じだと思うようになりました。

自分の外側に大きな流れみたいなものがあって、その中で自分も生きているとしか思えないんですよ。自分の命とか人生を考える時に、無視することのできない宇宙の法則のようなものがある。自分が全てをコントロールできるわけではないことを、どんな人も生きていくことで知っていくんだと思うんです。それを体感することで、人は謙虚にもなるし、宇宙の大きさを知るのだと思うのです。

欲望とのつきあい方で、幸福度は変わる

人間はなんで生まれて、死んでいくのかって言ったら、やっぱり、自分のテーマを解決するためだと思います。

たとえばこの家に生まれて、体が強い弱い、顔がきれいそうでもない、親は良い親かひどい親か、などなど自分の生まれ持ったテーマを徐々に解決して、いけるところまでいって死ぬというのが、基本的には人間の生きている意味ですよね。

たとえば第一章にあった、ダイエットや筋トレや食事制限に打ち込む人って、本当はただ夢中で生きてみたかったんじゃないかって。

夢中になれることがない、と思った時に、◯◯をすれば、その期間やるべきことがあり、達成感があり、その間は夢中になれるじゃないですか。極論を言えば、何だっていいんですよ。夢中で生きられるなら。

誰もが夢中で生きられる道を探しているんだと思うんです。

自分が今何に夢中になれるかは、自分にしかわからない。それがわかっている人は、少なくとも人から見たら、安定して見える。

個人が安定しているって、それだけで、他者にも役に立つことですよね。不安定な人といるより、安定している人といる方が、幸せですよね。それ以外に、人間が他者にできることってないと思うんです。誰かに何かをしてあげることって、本当は要らない。ただその場にいるだけで「なんかあの人に会うと安定するな」「気分がいいな」っていうこと以外に、他人にできることは究極ないんじゃないかって。

それがわかれば、「こんなにしてあげたのに」という気持ちにはならないはず。相手の望むことをしようと思いすぎると「こんなにしてあげたのに」って気持ちがどうしてもでてくる。相手のためと言っているけど、それって要するに自分の欲望なので、必ず相手にも伝わりますから。そういうのを減らしていったほうがいい。

感覚的なことだけど、きっとみなさんわかると思うのですが、そういう人と話していると、空間がなんとなく濃くなっていくことがありますよね。ネガティブな感じで濃く、冷たく、重たい感じになってくる。そうしたら、その手前でやめるとかね。

距離というより、濃さですよね。

人と人の関係ってお互いの流れの中での濃淡みたいなこと。その手前で切り替えて、薄くしておく。濃さの中に身を浸していると人間って疲れちゃうので、濃いなと思ったら、引き返す。それだって、体の感覚ですよね。

快適であるということが幸福にとっていかに大切なことか。引き際とか切り替えみたいなことが大事なんだと思うんです。

これも極論かもしれませんが、人間って結局群れにならないと生きられない生き物じゃないですか。今、この世にあるたいていの問題って、人間が単独では生きられないから起きている問題がとても多い気がします。人間関係が難しいのが不幸の源ですよね、たいていの場合。

仲の悪い人が死んでもそこまでダメージをくらわないけど、仲のいい人が死んだらものすごいダメージをくらうみたいに、親密になればなるほど、悲しみも深まるというのが人生のパラドックスだと思うのですが、それもさかのぼっていくと、もともと群れだったから。群れじゃないと生きられないという本能とか、習性が一層その傾向を強めているわけです。

そう考えると、何事も、自分だけの問題だと思ってしまうと何も解決しないけれど、しょうがないか、人間の習性だから。だから他者は必要なんだ、助け合うんだ。というところまでさかのぼってしまうと、軽くはならないけれど、楽にはなる。

本当に悲しい時でも、でもみんなこういうことを体験したんだなとか、だから好きな人たちには味わってほしくないな、そういうふうに思うことで楽になったりする。そのあり方を知ったほうが、欲望をひたすら追求するより、よっぽど幸せに近づくんじゃないか。欲望というキリがないものを追い求めていくより、悲しかったり、つらかったりして、「でも、ほかの人もきっとこうなんだろうな」と思う時、何か美しく変わっていくものがある。それって、俯瞰してるわけじゃなくて、もっと今を生きる系のことだと、私は思ってるんです。

ひとりでも幸せになれますよ。

でも、ひとりで幸せになれたら、みんなも幸せになれたらいいなと思うのが、生き物としての自然な流れだと思うんです。この世で起きている問題を、全部他人事みたいに思えたら楽だけど、全部つながっているから、必ずひとつくらいは自分にかぶってくる。

だんだんわかってくると思うんですよ、年とともに。「あ、前もこれ経験したけど、こういう時はこうするといいんだな」というのができてくるというのが、人生のいいところですから。常に自分を安定させることが自分だけでなく人の幸せなんだなって、本気で思えれば、できるようになるんだと思うのです。

ただ夢中で生きていく

親を看取ると、人生の残り時間みたいなものが見えてくる感じがします。

たいがいの場合、ある日バッタリ亡くなるんじゃなくて、過程があるじゃないですか。

だんだん年をとるとか、病気になるとか、その過程を経ている時は、とてもしんどいし、悲しいけれど、その中にほかの時期にはなかった良さがある。

私の場合も親を看取って、人生がこれからだって感じから、いきなり老後って感じになりました。それってやっぱり大きな変化だし、ものの買い方ひとつでも変わってきたように思うんです。ちょっといいなと思って買うことがあんまりなくなって、長く使えるようなものを買うようになりました。

親が生きている間は、どんなに年をとっていても、自分のことを若いとみなしていた。若いと、無駄だとわかっていてもとりあえずやろうかなって、気分で動いちゃうことがあったけれど、それが一切なくなりましたね。


そういう今だからこそ、わかってきたことがあります。

一時期、ポジティブシンキングという考え方が流行ったじゃないですか。でも悲しい時に、むりして前向きにならなくてもいい気がするんですよ。もっと言うと、どうして悲しくなりたくないと思ってしまうんだろうって。

親が死んだとか、友だちが死んだとか、そういう大きなことがあったとして、悲しいか、悲しくないかといえば、悲しいんだけど、本当に突き詰めて考えていくと、ただその出来事があるだけという気がしてくる。悲しいこと、悲しくないこと、いいこと、悪いことっていうのは、あるようで、実はない。全部がニュートラルにただ存在するだけ。でも、そう思っちゃうと、人生を生きていく原動力のようなものも失われてしまうから、それが恐ろしくて「悲しい」と感情に色をつけて、やりすごそうとしているんじゃないかって。ただトータルで振り返ると悲しい時期だった、と思うかもしれないことを先取りして悲しくなっているだけかもしれない。だからその時は夢中で悲しみを生きたな、というのが正解なんだと思うのです。

じゃあ、生きているってどういうことかと言ったら、要するに、じっとしていられないってことですよね。人間は、どんな時でも止まれない。止まったら、それは死んでいるってことだから。自分は止まっていて、布団にずっと入っていたり、ずっと泣いていたとしても、体は生きているわけでしょう。時が流れていくことを体が刻んでいく。その事実はどんなに悲しんでいようと変えられない。悲しくても何も感じずに無視することはできないし、悲しみに立ち向かうというのも違う。だとしたら、ただ夢中に生きるしかない。結局はそういうことなんだと思います。

もし人間が止まれるのであれば、芸術ってないんだと思うんですよ。芸術って何ですかと言われたら、強いインパクトのあった一瞬を止めるってことをしたいわけです。写真でも、小説でも、絵画でも、とにかくその一瞬にある感情を、今ここに押しとどめたいと思うから生まれたものなので。もし止めることができるのなら、芸術とか要らなくなっちゃう。

それを見て人が自分を重ねて心を動かす。それが芸術の意味です。

今の社会は不安を煽ってくるから、わかりやすい幸せに飛びつきたくなる。でも表には出てこないだけで、本当に豊かで幸せな人って、この世の中には、実はいっぱいいいますからね。そういう人をちゃんと見た方がいい。身近にもいるはずだと思うんですよ。

定年退職したお父さんのことを何もしてない、って周りは言ったりするけれど時間ができたから実は平日の昼に思う存分大好きな釣りをして、楽しそうに生きていたりする。自分の感覚が変わらないと、そういう人を見ても「人生の敗者」だと思っちゃいそうじゃないですか。

自分の感覚が変われば、見える世界も変わっていく。

今、生きてるってことは、体も心もこれまでだってがんばって何とかしてきたということですから。少しものを見る角度を変えて、行動を変えればもう少し快適に暮らせるようになるだろうし、なんだってきっかけになるし、いつからだってやり直せるはずです。

その上で、幸せって何かと聞かれたら、やっぱり愛を持てることだと思うんです、自分の生命に対して。大きな宇宙の中に無数の命があって、私たちはそのひとつ。社会の中にとりこまれているけれど、自分も生き物であること。あまりに人ばかり見ていると生きているという感覚を忘れさせられてしまうから、大きな目で世界を見て、本来の自分の生命力を取り戻していくこと。そうしたら他の生命も愛せるようになる。

時の流れが体に刻まれていくように、命も流れていくから、その流れをもっと信頼してあげる。どうにもならないことの先に、なるようにしかならない景色が開けていくのが人生で、その全部が幸せだったといつかきっとわかる日が来るから。日々の生活の中に自分にとっての幸せを見つけながら、ただなるべく夢中になって生きていけばいいのだと思うのです。

幸せであるように（おわりに）

まさかこの本をオーディブルで千葉雄大さんが読んでくださるとは、思ってもみなかった。読んでくださるのはどこか中性的で声の響きに圧が少ない人であってほしいとは願っていたが、それを超えたすばらしい朗読で、そしてとても優しかった。聴いていない方には心からおすすめする。

推しの話を書くファンの文章ほどバカバカしいものはないが、それでも少しだけ書く。

あの見た目、あの反射神経、ありきたりでなさ、ある種の頑固さ、幾層もの次元にまたがった演技の仕方、千葉雄大さんの才能のすごさは歴史が証明してくれると思う。そのときにはこの本の朗読がますます貴重なものになっているだろう。

そしてまさかこの本が出るまでに松本人志さんをＴＶで観ることができない期間が訪れるなんて、本文中で語っているときは全く予想していなかった。人生はなにが起こるかわからないなあ、と思った。


なにが起こるかわからないということに関しては、この本の進行も同じだった。ライターの瀧晴巳さんと私の、「幸せに対して求めること」があまりにも違いすぎたのか、あるいは同じすぎるのにわずかにずれていたからなのか、原稿をまとめてもらう段階で大きな困難が生じた。

結果、瀧さんが抽出した部分を私が大幅に改稿するという不思議なまとめ方になってしまった。幸せというもののある一面に関してはかなり実用的にできあがったとは思うけれど、いつか私がいちばん言いたかったことをまた本にできたらと思う。

自分を変化させて幸せを追い求めることは決して幸せへの道ではない。幸せというのは、今ここの地点に自分がいながらにして、生きる角度を変えることなのだ。たとえばそのことを古代アステカの人たちは「目を変える」と言っていたし、「トランサーフィン」という理論の中では非現実を現実に反映させるためのテクニックとして紹介しているし、「引き寄せの法則」でも違う角度から同じことを言っている。今風に言えば、生きる世界線を少しだけ変えることについてだ。

そこまで到達しないでこの本は終わってしまった。

それでも、わかりにくい私の話を、体調がよくないなか懸命にまとめてくださった瀧さんに、心からの感謝を捧げます。ありがとうございました。瀧さんの作った骨子がなかったら、改稿も決してできなかったです。

Ａｍａｚｏｎさんはきっと今オーディブルに特に力を入れているから、私などにまでお声がけいただいたのだな、なんて思っていたら、全然そんなふうな今だけの感じではなかった。

現場の人たちはものすごく真摯で、これから先の「本を耳で聴く時代」を感じた。今は読むのが中心の私だって、目がもっと悪くなったらきっと、命綱のように思うだろう。電車で移動する際にはイーロン・マスクの公式伝記をいつも聴いている私だし（いつまで聴いてもまだイーロンがいろんな会社を作っていて、テスラの車にさえ至らないくらい、いつになったらロケットが登場するんだ？　くらいに長い本なので、長い期間移動をうんと楽しめる）、新しい世界が開けていると感じた。このプロジェクトに参加させていただけて光栄でした。

Ａｍａｚｏｎの小松大朗さん、ビュン・ヘジュンさん、森ゆうきさん、藤澤珠紀さん、ありがとうございました。

全てに根気よくつきあってくださった幻冬舎の壷井円さん、ありがとうございました。

幻冬舎のコンテンツビジネス局の山本祥子さん、原大士さん、ありがとうございました。

すてきなデザインをして下さった鈴木成一デザイン室の鈴木成一さん、宮本亜由美さん、心明るくなるイラストを描いて下さったウィスット・ポンニミットさん、ありがとうございました。

何回ものゲラを長い期間サポートしてくれた私の事務所のスタッフにも、ありがとうございました。

少しでも我を忘れた夢中な瞬間に出会ったり、わずかでもどうせなら楽しいほうへ！　と、切り替わったり、読んだみなさんの気持ちが幸せに近づくことを心から願っています。

２０２４年春　　　吉本ばなな

この作品は二〇二三年一二月
Amazonオーディオブック Audibleで配信されたものに、
加筆・修正したものです。

吉本ばなな

一九六四年東京都生まれ。日本大学藝術学部文芸学科卒業。
八七年「キッチン」で第六回海燕新人文学賞を受賞しデビュー。
八九年『キッチン』『うたかた／サンクチュアリ』で第三九回芸術選奨文部大臣新人賞、
同年『TUGUMI』で第二回山本周五郎賞、九五年『アムリタ』で第五回紫式部文学賞、
二〇〇〇年『不倫と南米』で第一〇回ドゥマゴ文学賞、
二二年『ミトンとふびん』で第五八回谷崎潤一郎賞を受賞。
著作は三〇か国以上で翻訳出版されており、海外での受賞も多数。
noteにて配信中のメルマガ「どくだみちゃん と ふしばな」をまとめた文庫本も発売中。

イラストレーション　ウィスット・ポンニミット
ブックデザイン　鈴木成一デザイン室
構成　瀧 晴巳

幸せへのセンサー

二〇二四年五月一〇日　第一刷発行
二〇二四年九月一五日　第四刷発行

著者　吉本ばなな
発行人　見城徹
編集人　石原正康
編集者　壷井円

発行所　株式会社　幻冬舎
〒一五一-〇〇五一　東京都渋谷区千駄ヶ谷四-九-七
電話〈編集〉〇三-五四一一-六二一一　〈営業〉〇三-五四一一-六二二二
公式HP　https://www.gentosha.co.jp/

印刷・製本所　中央精版印刷株式会社

検印廃止

Printed in Japan　ISBN978-4-344-04270-4 C0095

この本に関するご意見・ご感想は、下記アンケートフォームからお寄せください。
https://www.gentosha.co.jp/e/